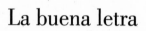

La buena letra

Rafael Chirbes

La buena letra

EDITORIAL ANAGRAMA
BARCELONA

Ilustración: «Último retrato», Lucian Freud, 1976-1977
© Museo Thyssen-Bornemisza, Madrid

Primera edición en «Narrativas hispánicas»: mayo 2002
Primera edición en «Compactos»: octubre 2007
Duodécima edición en «Compactos»: marzo 2021

Diseño de la colección: Julio Vivas y Estudio A

© Rafael Chirbes, 1992, 2002

© EDITORIAL ANAGRAMA, S. A., 2013
    Pedró de la Creu, 58
    08034 Barcelona

ISBN: 978-84-339-7302-3
Depósito Legal: B. 42512-2009

Printed in Spain

Liberdúplex, S. L. U., ctra. BV 2249, km 7,4 - Polígono Torrentfondo
08791 Sant Llorenç d'Hortons

A mis sombras

NOTA A LA EDICIÓN DE 2000

El lector que conozca anteriores ediciones de *La buena letra* descubrirá que a esta que ahora tiene entre las manos le falta el último capítulo. No se trata de un error de la casa editorial, como alguien podría llegar a pensar, sino de un arrepentimiento del autor, o, mejor aún, de la liberación de un peso que el autor ha arrastrado desde que se publicó el libro y del que ya se ha librado en alguna versión extranjera. Intentaré explicar aquí por qué he sentido esas dos páginas como un peso y su desaparición como una liberación.

Cuando escribí el libro, me pareció que, por respeto al lector, al final de la novela debía devolverlo al presente narrativo del que lo había hecho partir, y, por ello, puse, casi a modo de epílogo, ese capítulo que aparecía en las anteriores ediciones, y en el que las dos cuñadas –Ana e Isabel– volvían a encontrarse tantos años después. Había algo de voluntarismo literario en tal propósito, cierto criterio de circularidad, un concepto que se manifiesta en numerosas obras, a veces con escasa justificación. Pasado el tiempo, me pareció que el libro no necesitaba de ninguna circularidad consoladora y que al haber añadido ese final había cometido un error de sintaxis narrativa, más grave aún por la filosofía que venía a expresar, y que no era otra que la de que el tiempo acaba ejerciendo cierta forma de justicia, o, por decirlo de otro modo, acaba poniendo las cosas en su sitio. De la blandura literaria emanaba, como no podía ser menos, cierto consuelo existencial.

Si cuando escribí *La buena letra* no acababa de sentirme cómodo con esa idea de justicia del tiempo que parecía surgir del libro, hoy, diez años más tarde, me parece una filosofía inaceptable, por engañosa. El paso de una nueva década ha venido a cerciorarme de que no es misión del tiempo corregir injusticias, sino más bien hacerlas más profundas. Por eso, quiero librar al lector de la falacia de esa esperanza y dejarlo compartiendo con la protagonista Ana su propia rebeldía y desesperación, que, al cabo, son también las del autor.

Hoy ha comido en casa y, a la hora del postre, me ha preguntado si aún recuerdo las tardes en que tu padre y tu tío se iban al fútbol y yo le preparaba a ella una taza de achicoria. He pensado que sí, que después de cincuenta años aún me hacen daño aquellas tardes. No he podido librarme de su tristeza.

Mientras los hombres se ponían las chaquetas y se peinaban ante el espejito del recibidor, ella se quejaba porque no la dejaban acompañarlos. Tu tío me guiñaba un ojo por encima de su hombro cuando le decía: «Te imaginas qué efecto puede hacer una mujer entre tantos hombres. Esto no es Londres, cielo. Aquí las mujeres se quedan en casa.» Y a ella se le saltaban las lágrimas con un rencor que, en cuanto pudo, nos obligó a pagar.

Siempre tuvo una idea de la vida muy diferente de la nuestra. Quizá la aprendió en Inglaterra, con la familia elegante con la que había convivido durante varios años. Desde el principio habló y se comportó de un modo ajeno. Llamaba a tu tío «vida mía» y «corazón

11

mío», en vez de llamarlo por su nombre. Eso, que ahora puede parecer normal, por entonces resultaba extravagante. Pero él estaba contento de poder mostrar que se había casado con una mujer que no era como las demás y que salía a recibirlo dando gritos, o se escondía detrás de la puerta en cuanto le oía llegar, como para darle una sorpresa. Durante la comida, le acercaba la cuchara a la boca, como se hace con los niños pequeños, y a él no le daba vergüenza llamarla, incluso en público, «mamá».

A mí, las tardes de domingo me gustaba visitar a mi madre y luego me iba al cine con tu hermana, pero desde que llegó ella cada vez pude cumplir mis deseos con menos frecuencia. Se deprimía si se quedaba sola en casa y me pedía que le hiciese compañía. El cine le parecía una cosa chabacana. «Si fuera una obra de teatro», decía, «o un buen concierto, pero el cine, y con toda la gente del pueblo metida en ese local espantoso.» Y a continuación: «Quédese, quédese conmigo aquí, en casa, y nos hacemos compañía y oímos la radio.» Siempre me habló de usted, a pesar de que éramos tan jóvenes y, además, cuñadas.

Me veía obligada a privarme del cine para evitar que se quedara sola en casa y que luego, durante la cena, hubiese malas caras. Lo peor de esas tardes de domingo era que, después de que había conseguido que me quedara, fingía olvidarse de que estaba allí, a su lado, y, en vez de darme un poco de conversación, metía la nariz entre las páginas de un libro, y leía, o se quedaba dormida.

Sólo ya avanzada la tarde se acordaba de mí, cuando me pedía: «¿Y por qué no prepara usted un poco de achicoria y nos tomamos una tacita?» Nunca decía café,

12

como piadosamente decíamos los demás, decía achicoria.
Y yo, al oír esa palabra, prometía no volver a quedarme
una tarde de domingo con ella. Me ahogaba en tristeza.
Era la sospecha de algo evitable que iba a venir a hacer-
nos tanto daño como nos habían hecho la miseria, la
guerra y la muerte.

A mi abuelo le gustaba asustarme. Cada vez que iba a su casa, se escondía detrás de la puerta con una muñeca, y cuando yo, que sabía el juego, preguntaba: «¿Dónde está el abuelo?», aparecía de repente, me tiraba encima la muñeca, que era tan grande como yo, y se reía mientras me daba bofetadas con aquellas manos de trapo que me parecían horribles. Le agradaba verme enfadada y que luego buscase refugio en sus rodillas. «Pero si el abuelo está aquí, ¿qué te va a pasar, tontita?», me decía, y a mí ya no me daba miedo la muñeca tirada en la silla. «Tócala, si no hace nada», decía, y yo la tocaba. «Es de trapo.»

También me contaba la historia del marido que salía del baúl en que lo había escondido su mujer después de descuartizarlo y robarle el hígado. La mujer había cocinado el hígado y se lo había servido al amante, y el muerto volvía para recuperarlo. El efecto de ese cuento –su emoción– estaba en la lentitud con que el muerto bajaba los escalones que separaban el desván del comedor. «Ana, ya salgo del desván», anunciaba el muerto, y luego, sucesivamente, «Ana, ya estoy en el descansillo», «ya estoy en la primera planta», «ya estoy en el octavo escalón», «en el séptimo», «en el sexto».

Mientras mi abuelo acercaba con sus palabras aquel cadáver al lugar en que nos encontrábamos, yo miraba hacia la escalera y esperaba verlo aparecer, y gritaba muy excitada, y lloraba, pidiéndole «no, no, que no baje más», sin conseguir que el descenso se detuviese. Sólo se terminaba el cuento una vez que mi abuelo daba un grito, me cubría la cara con su manaza y decía: «Ya estoy aquí.» Yo cerraba los ojos y gritaba y me movía entre sus brazos y luego me colgaba de su cuello, que estaba tibio, y entonces dejaba de tener miedo y sentía la satisfacción de estar en su compañía.

Por entonces aún no teníamos luz eléctrica, y las habitaciones estaban siempre llenas de sombras que la llama del quinqué no hacía más que cambiar de forma y de lugar. Cuando, después de dejarme en la cama, mi madre se iba llevándose el quinqué, la luz de la luna resbalaba en la pared de enfrente y se escuchaban crujidos en los cañizos del techo. Yo cerraba los ojos, me escondía bajo las sábanas y fingía no escuchar esos ruidos. Pero, en aquellas noches, vivía a la espera de algo terrible.

En cierta ocasión, me vi raptada en la oscuridad por una sombra que me arrastró escaleras abajo. Cuando salimos a la calle la sombra y yo, había una gran conmoción y la gente gritaba y corría de un sitio para otro. Las llamas se elevaban hasta el cielo y todo estaba envuelto en humo. Había ardido la casa de nuestros vecinos. Al día siguiente me enteré de que había muerto una de las niñas que vivían en la casa. «Enterraron un pedazo de palo seco y retorcido», oí decir, y esa imagen –la de un palo seco y retorcido– y la ausencia fueron para mí, desde entonces, la imagen de la muerte.

El año pasado le regalé a tu mujer un juego de sábanas bordadas con los nombres de tu padre y mío. Le gustaban mucho y, cada vez que venía por casa, me insistía para que se las diese. Hace un mes me dijo de pasada que se las dejó en un baúl del trastero del chalet, que se le han enmohecido y echado a perder. Te parecerá una tontería, pero me pasé la tarde llorando. Miraba las fotos de tu padre y mías, y lloraba. Así toda la tarde, ante el cajón del aparador en el que guardo las fotografías.

Sentía pena de nosotros, de todo lo que esperamos y luchamos de jóvenes, de las canciones que nos sabíamos de memoria y cantábamos —«ojos verdes, verdes como el trigo verde»—, de los ratos en que nos reíamos y de las palabras que nos decíamos para acariciarnos el corazón; pena de las tardes que pasamos en el baile, de las camisas blancas que yo le hacía a tu padre cuando aún éramos solteros; pena de las amigas que nos juntábamos para cortarnos el pelo unas a otras, igual que las artistas de cine. El cine aún era mudo y había un pianista rubio del que estábamos enamoradas todas las chicas. Nos gustaba ver su espalda triste iluminada por la luz que caía de la pantalla. No era de aquí, de Bovra. No sé de dónde vendría, ni lo que fue de él. Todo parecía que iba a durar siempre, y todo se ha ido deprisa, sin dejar nada. Las sábanas que se le han echado a perder a tu mujer eran las que usé en la noche de mi boda.

Del día de nuestra boda no nos quedó ni una foto. Se había comprometido a hacerlas tu tío Andrés, un primo de tu padre de quien habrás oído hablar, y que tenía una cámara. Pero la noche antes se fueron tu padre y él con los amigos, se emborrachó, y, de vuelta a casa, se cayó y se torció un tobillo. A la mañana siguiente tenía el pie hinchado como una bota, así que ni siquiera pudo venir a la boda. Le dejó la cámara a tu tío Antonio, que no paró de disparar en todo el día. Nos reímos como bobos. Tu padre se empeñó en que me tomara una copa de anís y yo no era capaz de mantenerme seria cada vez que tu tío nos ponía delante de la cámara. «El velo, apártate el velo del ojo», ordenaba tu tío. «No se ponga usted tan seria, aunque ya sea una señora», se burlaba. Lo que quería era provocarme, para que me riese. Y tu padre, lo mismo: «Venga, que parecemos artistas del cine.»

Lo cierto es que, cuando a los pocos días acudimos al laboratorio a recoger los carretes, y después de todo el teatro que había montado tu tío Antonio, descubrimos que no había ninguna foto que estuviese bien. Sólo en una de las copias se distinguían ciertas sombras que podían resultar vagamente reconocibles para quien hubiera estado en la fiesta. Guardé esa foto fallida durante años. «Parecemos espíritus escapados de la tumba», dijo tu padre riéndose.

Me acordé de sus palabras a los pocos días de su muerte. Limpiando los cajones del aparador, tropecé con la foto y pensé que, si se exceptuaba la mía, todas las otras sombras que aparecían flotando sobre aquel viejo cartón vivían ya de verdad en otro mundo. Entonces, quemé la fotografía. No soy supersticiosa, pero me pareció que no debía romperla, que debía entregarlos a todos ellos, y a mí misma, a algo puro y misterioso como el fuego. Viéndola arder, pensé en tu tío Antonio, que fue quien la hizo y aún estaba vivo. Él se había quedado del otro lado. Su sombra no se limpiaba en el fuego con todas las demás que permanecían allí cuando ya no existían. Las palabras de tu padre: eran espíritus, sí, pero que no iban a escaparse nunca de la tumba.

Tu padre acababa de morir y yo ya sabía, como sé ahora, que la muerte no le dio consuelo. De tus abuelos no quedaba con vida más que mi madre, que no aparecía en la foto porque, el día de la boda, en vez de ir a la iglesia, se quedó sustituyendo en la cocina a la abuela María. Apenas unos meses más tarde había muerto la tía Pepita, que fue la madrina y que estaba aquel día guapísima con el traje que cosimos entre las dos. Angelines, Rosa Palau, Pedro, tus abuelos, Inés y Ricardín, Marga, todos habían ido muriendo a lo largo de los años que separaban el día de

la boda de aquel, ya marchito, en que quemé la fotografía. Se trata, en su mayoría, de nombres que a ti
nada te dicen y que sólo de vez en cuando has tenido
ocasión de escuchar. Fueron mi vida. Gente a la que
quise. Cada una de sus ausencias me ha llenado de
sufrimiento y me ha quitado ganas de vivir.

Aunque no sé por qué empiezo hablándote de ella y acabo por hablarte de la muerte: del antes y el después de que ella viniera, como si su presencia hubiese sido el gozne que uniese dos partes. Tal vez sólo sea porque, al hablar, me viene la memoria, una memoria enferma y sin esperanza.

A veces salgo a caminar por Bovra y cambio una y otra vez de rumbo para hacer el trayecto más largo. Sé que los busco a ellos. Es como si, esas tardes, saliera de mí misma a un lugar de encuentros al que también ellos tuvieran acceso, rompiendo la gasa de sus sombras silenciosas, y allí, en ese sitio de todos y de nadie, pudiéramos darnos consuelo.

Para que regresen, paseo durante horas y busco las escasas construcciones de aquellos años que aún permanecen en pie, e intento recordar cómo eran las que ya han sido sustituidas por modernos bloques de viviendas, como pronto lo será la mía. Persigo los nombres de quienes vivieron en ellas y me esfuerzo por saber si alguna vez pisé su interior, y cómo eran los muebles, los patios, las escaleras y paredes y suelos. De mi esfuerzo sólo saco sombras en una fotografía quemada.

No consigo completar los huecos que el tiempo ha ido dejando en la ciudad. Camino hasta que empieza a oscurecer y entonces apago aún más la luz del sol muriente y dejo la ciudad en penumbra, tal como permanece en mis recuerdos de aquellos años tristes, en los que sin embargo teníamos el bálsamo de la juventud, que era un aceite que todo lo engrasaba, que amortiguaba los gritos de dentro y, con frecuencia, los deformaba y los volvía risas.

Cuando ella viene a verme, y ya te digo que no sé por qué, necesito sentir el recuerdo del miedo, a lo mejor porque fue más limpio. Ella lo sustituyó por la sospecha. No, no es una venganza. No quiero enfrentarme a ella. Antes no quise, o no supe, y ahora ya es tarde. Sólo que quisiera entenderme yo misma, entenderlos a todos ellos, a los que ya no están.

¿Decir que fue puro o limpio el miedo? Ni la muerte ni el miedo son limpios. Aún guardo la suciedad del miedo de los tres años que tu padre se pasó en el frente, dejándonos solas a tu hermana y a mí en esta ciudad que, como en mis recuerdos, se volvió de repente fantasmal y nocturna y en la que todos te miraban como si quisieran decirte que él ya no iba a volver y que no valía la pena resistir por más tiempo. El abandono. Ya tarde, en medio de la noche, se escuchaba un estruendo remoto. Entonces sabíamos que estaban bombardeando Misent. Y yo pensaba en tu tía Gloria y en la abuela María, que seguían allí, pero no me atrevía a salir a la calle. Entornaba la ventana de la habitación y miraba al cielo, en el que destellaba un resplandor lejano. Se oía un fragor sordo, como envuelto en un trapo, y luego venía un silencio parecido al que acompaña las mañanas de nieve.

Buscaba a tu hermana y la acercaba a mí. Cada vez que empezaban los bombardeos se estaban quietas las ratas que corrían en el cañizo. Desde que tu padre se había ido, el desván se había llenado de ratas. Yo tenía miedo de que bajasen y mordiesen a la niña. Tenía miedo también por mí, y vergüenza del miedo. Tu padre siempre se burló de ese miedo mío. En cierta ocasión, cuando tú apenas caminabas, te compró un ratoncito que llevaba un carrete y corría por debajo de las sillas cuando le soltabas el hilo. Tú venías a la cocina y echabas a correr el ratón y gritabas con tu media lengua «una data», «una data», y te reías muy excitado. A veces, cuando yo estaba cosiendo, me ponías la cabecita del ratón en la cara, y decías, «uuuhh», y a mí me daba asco, porque le veía las orejas de goma y esa piel que me recordaba la piel de rata de verdad.

Volvió una de aquellas noches, sucio y sin afeitar. Olía mal y estaba muy delgado, pero había vuelto. En vez de ser él quien llamó sigiloso a la ventana una madrugada, podía haber sido uno de aquellos correos que entregaban cartas oficiales anunciando la muerte de los soldados en el frente. Ese pensamiento me desgarró. Con él vino Paco, un vecino del que habrás oído hablar, pero que no conociste, porque murió cuando tú aún eras muy pequeño. Vivía en nuestra misma calle, pero no se atrevía a volver a casa. La guerra estaba a punto de terminar y su suegro, que era fascista, podía denunciarlo.

Comieron en silencio y con avidez. Mientras los miraba comer, tenía la impresión de que no los conocía. Hacían ruidos con la boca y eran como dos animales sospechosos. Dos desconocidos.

Se quedaron escondidos en el desván, hasta que a los pocos días anunciaron por el altavoz del ayuntamiento que habían entrado los falangistas. «Ahora va

a venir lo peor», dijo tu padre. Al cabo de una semana, tu padre y Paco se entregaron. Se quedaron un
rato fumando y charlando en la acera, y luego Paco se
marchó a su casa. A su mujer ya la había visto a escondidas porque yo fui a buscarla al día siguiente de
que llegaran. Sin decirme nada, se habían puesto de
acuerdo para entregarse juntos. Al cabo de un rato,
volvió Paco, tu padre me besó, y dijo: «A mí no me
va a pasar nada. Tú preocúpate de que no os pase
nada a la niña y a ti.» No quiso que lo acompañara:
«Tú, quieta, en casa, con la niña.»

Por la tarde, supe que Raimundo Mullor pegaba
a los que se entregaban. Durante todo el día se escu-
charon los gritos que procedían de un cuarto que hay
bajo la escalera principal del ayuntamiento y que ahora utilizan los barrenderos. Esa noche me daba más
rabia imaginarme a tu padre abofeteado por el me-
quetrefe de Raimundo Mullor que muerto de un tiro
en una trinchera. Limpio. Me parecía más limpio.
Aún era demasiado joven y no sabía de la suciedad de
la muerte. Empecé a aprenderla al día siguiente, cuando corrió la voz de que habían fusilado a diez hombres junto a la tapia del cementerio.

La abuela Luisa me mandó que me quedase en casa, pero yo me negué. Quería ver a aquellos hombres muertos y que tu hermana también los viera, aunque de momento aún no se diera cuenta de lo que veía. Sin embargo, cuando llegamos cerca de la tapia, se me paralizaron los pies. Se me habían quitado las ganas de ver aquello y tampoco quería que la niña lo viese. Distinguimos desde lejos el montón de trapos ensangrentados. Hacía calor y zumbaban las moscas sobre los cadáveres. Antes de llegar, grité: «No está.» Le había obligado a ponerse los pantalones del traje de boda, y los hubiese reconocido enseguida. Él protestó diciendo que para qué iba a ponerse unos pantalones que estaban nuevos, y yo no quise responderle que quería que, si le pasaba algo, se llevara puesto lo mejor.

Me eché a llorar. «Pero, mujer, si no está», decía tu abuela, mientras se secaba las lágrimas. Una vecina se acercó a preguntarnos si nos habían matado a alguien de la familia y tu abuela le explicó que no. Pero yo seguía llorando.

Rumores de fusilamientos que sólo a veces se confirmaban, pero que siempre hacían daño. Aparecieron cadáveres en el manantial, en el huerto de naranjos que tenía una balsa en la que tú siempre querías bañarte cuando eras pequeño y donde una vez casi te ahogas; en la playa, en los arrozales. Aprendimos la suciedad del miedo.

Los fusilados no siempre eran de aquí, de Bovra. Había mujeres que venían en busca de cadáveres desde Gandía, desde Cullera, desde Tabernes. La certeza de la muerte las curaba del miedo. Preguntaban en voz alta, a la puerta de los cafés, por el lugar en que habían aparecido aquella mañana los fusilados, y los hombres volvían avergonzados la cabeza y seguían jugando en silencio al dominó.

Las mujeres viajábamos en cuanto nos decían que habían visto en algún lugar a alguien de nuestra familia. Necesitábamos ir aunque desconfiásemos de la información. Algunas de esas mujeres que se fueron no regresaron nunca. Adela Benlloch murió de pulmonía en Burgos. Era morena y tuvo siempre una mirada huidiza. A Rosa Palau, buena amiga mía, la atropelló un tren en un paso a nivel cerca de La Roda. No pudo enterarse de que el marido que ella salió a buscar había regresado una semana antes a Bovra. Tampoco volvieron Pilar Palau (la hermana de Rosa), Ángela Moreno y una rubia, cuyo nombre no consigo recordar, pero que estuvo conmigo en la costura. De Piedad dijeron que se juntó con un falangista de Madrid; y de Ángela, que la habían visto años más tarde en el barrio chino de Barcelona. Al marido de Rosa Palau le llegó, al cabo de unos meses, y cuando ya empezaba a curarse de la pérdida, el bolso de su mujer con la documentación y una blusa blanca con sus iniciales y manchada de sangre.

Yo también viajé. No teníamos ni harina, ni aceite, ni azúcar. Tu abuela Luisa y yo estuvimos en Tarragona. Compramos aceite y nos hospedamos dos noches en casa de una mujer que se llamaba Concha. Tampoco de ella he vuelto a saber nada en mi vida. Me hubiera gustado verla y darle las gracias por lo que hizo. Entonces no pudo ser y ahora ya es tarde. No nos quiso cobrar y nos dio de comer.

Viajamos a Zaragoza, a Teruel, a Alicante. Para pagar, vaciamos lo poco que nos iba quedando en el corral. Llevábamos conejos, gallinas, huevos y un puñado de hortalizas. Los viajes se hacían largos y penosos. Nos escondíamos de los controles de consumos. En Reus estuvieron a punto de requisarnos el aceite. Dos garrafas de cinco litros, que nos habían costado una fortuna. El aceite nos parecía un tesoro. Mojaba

en aceite el dedo y se lo ponía en la boca a tu hermana. Estaba convencida de que mientras pudiera darle
una gota cada día ni se me iba a morir ni se me pon-
dría enferma.

La Guardia Civil vino a preguntar por el tío Antonio, pero nosotros no sabíamos nada de él. Yo pensaba que, si no lo habían matado, o se había ido a
Francia, o lo tenían preso, estaría en Misent, escondido en casa de sus padres. Lo cogieron a los pocos
días, cuando se dirigía, solo y hambriento, a nuestra
casa, unas horas antes de que volviera tu padre en libertad. La primera tarde se la pasó tu padre llorando
en silencio. Lloraba por su hermano pequeño. No se
imaginaba las vueltas que aún tenía que dar la vida.

Ahora lo pienso, y a lo mejor era necesario que te contase todas estas cosas antes de poderte hablar de ella; del tío Antonio. Algo de eso tenía que tener sin darme cuenta en la cabeza, cuando empecé hablándote de las sábanas: de ropa. Por entonces, aún nos hacíamos toda la ropa, y eso era importante. El día en que conocí a tu tío Antonio, bueno, a toda la familia de tu padre, yo le regalé a la abuela María dos toallas que había bordado y ella a mí una colcha que todavía tengo guardada, y que es preciosa.

Me llamó hija desde el primer día en que tu padre me llevó a Misent para que los conociera a todos ellos. Cuando llegamos, estaba metida en la cocina, preparando la comida, y yo me quité el traje y me puse el delantal y estuve ayudándolas a ella y a la tía Pepita. Aunque al principio protestaron, y dijeron que no querían que yo entrase en la cocina, mi gesto les gustó. Nos hicimos enseguida buenas amigas las tres. Por la tarde, tu abuela me pidió que diésemos un paseo a solas y entonces ya me llamó hija. Me dijo: «Hija, creo que Tomás va a tener suerte.» Y me dio dos besos.

Nos habíamos sentado en una piedra de la escollera. Era domingo y las barcas se habían quedado amarradas en el puerto. Todo estaba en calma. En el cielo, las nubes se iban volviendo rosa y lila. Fue un momento feliz, que alivió la tensión del día, porque ya aquella primera vez Gloria, tu otra tía, lo estropeó todo.

El tío Antonio me gustó mucho, aunque no sé, luego, con el tiempo, al recordar cómo han ocurrido las cosas, a veces pienso que algo anunciaba en él lo que iba a acabar siendo. Y lo anunciaba no en los defectos sino en sus virtudes. Del mismo modo que un huevo lleva encerrado un pollo ya desde el principio, las actitudes de la gente llevan dentro lo que van a acabar siendo, e incluso en sus rasgos más generosos puede adivinarse el embrión de sus defectos peores.

Era a principios de verano. Lo recuerdo como si lo estuviese volviendo a ver en estos momentos. Una se olvida, y cada vez con más frecuencia, de lo que hizo ayer, o de cosas que han ocurrido esta misma mañana y, sin embargo, los recuerdos más antiguos tienen otra fuerza. No los piensas: los ves, los escuchas. De aquel día recuerdo el cielo por encima de la escollera, pero también las caras y las voces de cuantos nos sentamos a la mesa, bajo la higuera. Recuerdo cómo iba vestido cada cual, y el olor áspero de las hojas de la higuera y el de las plantas de tomate, cuando fuimos tu tía Pepita y yo a recoger algunos para la ensalada, y recuerdo el olor de la ropa; fíjate que mientras hablo puedo recordar el olor de la ropa de tu tía Pepita y el de la abuela María, que olía nada más que a agua y jabón pero de un modo muy especial, porque también olía a ella.

Tu abuelo Pedro ya no estaba bien. La tía Pepita y la abuela lo trataban como si fuera un niño pequeño. Le hablaban continuamente, con murmullos, aunque él apenas respondía. Le acercaban la servilleta, le cortaban las rebanadas de pan, vigilaban para que no se manchase la camisa. Las dos presentían que iba a durar muy poco y tenían prisa por disfrutar de él. Acertaron sólo en parte. Digamos que tu abuela acertó en lo justo, porque él iba a tardar poco más de tres años en morirse, pero tu tía Pepita acertó, sin saberlo, en exceso. Le quedaba poco tiempo para cuidar a su padre: sólo unos meses. Tu tía Pepita murió con veintidós años, pocos días antes de una boda que había adelantado porque quería que su padre asistiese. Jamás he visto llorar a nadie con la desesperación con que lloró su novio el día del entierro. Tuvieron que sujetarlo los familiares y amigos para impedir que se arrojase sobre el ataúd una vez que ya lo habían bajado a la fosa.

El abuelo acabó viendo a la pobre Pepita de cuerpo presente. La abuela le impidió que asistiese al entierro. Pepita fue la predilecta del abuelo Pedro. Y la tarde del entierro, un día de agosto en el que el calor apenas dejaba respirar, se quedó en casa pensativo, con la cabeza apoyada en los puños, y los ojos vueltos hacia un rincón del comedor. Desde ese día, habló aún menos. Yo empecé a tener la impresión –que aumentaba cada vez que lo veía– de que se iba volviendo niño y de que por eso articulaba con creciente dificultad las palabras. Se le pusieron ojos de niño, dulces y muy vivos, y la cara, en vez de afilársele, se le redondeó, se le volvió infantil.

Además, en los últimos meses, tu abuela le anudaba la servilleta alrededor del cuello y le llevaba la cuchara a la boca, con lo que parecía definitivamente instalado en la primera infancia. Para entonces ya había nacido tu hermana y él le tenía celos. Le quitaba los juguetes y se los escondía y, en las escasas ocasiones en que pronunciaba alguna palabra, se quejaba con voz vacilante: «Esa niña que acaba de llegar y ya se ha hecho dueña de todo.» Es triste la vejez. Yo lo he visto llorar porque tu abuela le quitaba el sonajero y se lo devolvía a la niña. Lloraba desconsolado, mientras repetía: «¡Qué pena, tener que vivir lo suficiente para ver cómo tu mujer te roba lo poco que tienes para dárselo a los forasteros!»

Tu abuela sufría. Se acostumbró a dejarle algunos ratos los juguetes de la niña. Una mañana, me encerró con ella en la habitación y bajó el tono de voz para decirme que le había comprado un chupete y un biberón al abuelo, para que dejase en paz los de la niña. «No se lo digas a nadie», me pidió, «no quisiera que alguien pudiera hacer burla con esas cosas, ni que le perdiera el respeto al abuelo.» Tenía miedo de tu tía Gloria, de que lo fuese a decir fuera de casa. Aquella mañana, la abuela se echó a llorar en mi hombro.

Sí, la tía Gloria estropeó el día en que tu padre me llevó a Misent para presentarme a la familia. Llegó cuando los demás ya habíamos empezado a comer. Estuvimos esperándola hasta casi las cuatro de la tarde. Luego tu abuela se puso a servir y dijo a media voz, aunque con intención de que yo la oyese, de hacerme cómplice: «Me imaginaba que Gloria haría hoy alguna de las suyas.»

A mí me había sentado a su lado; a mi derecha estaba la tía Pepita, y junto a ella, una chica que se llamaba Ángela y que era la novia de tu tío Antonio, quien no paró de hacerle carantoñas durante toda la comida. Ella estaba nerviosa. Se la veía buena chica y nos miraba a tu abuela, a Pepita y a mí, como explicando que no es que le gustasen esas tonterías, pero que era el modo de comportarse de tu tío Antonio. La familia ya lo sabía. Tu padre, al lado del tío Antonio, les gastaba bromas a los dos. El abuelo –cerrando la mesa, al lado de tu padre y junto a la silla vacía de

Gloria– miraba y callaba, aunque creo que ese día fue el único en que me pareció que se reía con los ojos. No sé. Para mí, hasta ese momento todo había sido perfecto y tal vez imaginaba en los demás la felicidad que yo misma sentía.

También tuve la impresión de que Gloria llegaba de buen humor. No la conocía, pero muy pronto me di cuenta de que le brillaban los ojos y de que su tono de voz era agresivo. Y descubrí que lo que al principio me habían parecido bromas eran, en realidad, impertinencias dirigidas contra sus dos hermanos, y sobre todo contra el tío Antonio. Había bebido. Gloria empezó a beber muy joven y siguió bebiendo hasta el final de su vida, cuando ya le habían cortado un pecho y se moría en el hospital de Misent. Incluso en esos últimos días en que apenas podía ni levantarse, les pedía a los visitantes de los otros enfermos tabaco y vino. Se arrastraba hasta los retretes para fumar y beber y, después de que murió, cuando pasamos por el hospital a recoger sus cosas, descubrimos que tenía botellas y paquetes de cigarrillos en todos los rincones de la habitación.

Aquella tarde había pasado de las bromas a un silencio rencoroso. Sentía sus ojos sobre mí. Los notaba al llevarme la taza de café a los labios, o cuando corté un pedazo de pastel para tu abuela. También vigilaba a Ángela, aunque ni ella ni tu tío Antonio parecieron darse cuenta y continuaron con sus carantoñas. De repente, Gloria se levantó y dijo: «Ya está bien. En esta mesa no se sientan putas.»

Miraba a Ángela. Tu tío y tu padre se abalanza-

38

ron sobre ella y la llevaron al interior de la casa. Mientras la arrastraban, aún tuvo tiempo de volverse otra vez hacia Ángela y decirle: «Si vuelves por aquí, te mato.»

Ángela no apareció más por la casa. Yo no sé si se tomó en serio la amenaza, si es que tu tío Antonio se asustó o si rompieron por alguna otra razón. Al poco tiempo, se casó y se fue a vivir a Madrid. Nos hemos visto luego algunas veces. Cuando viene de vacaciones, o para asuntos de familia, hablamos de los viejos tiempos, de tu padre, de tus abuelos, del tío Antonio, de aquella tarde. Siempre se le humedecen los ojos. «Me va bien», dice, «mi marido me quiere mucho, tengo mis tres hijos, que se han colocado, mi casa de Madrid, la de aquí, otra que tenemos en el campo. No me puedo quejar, pero yo quería mucho a Antonio.» Y cuando lo nombra, se le saltan las lágrimas.

Tu tía Gloria se equivocó. Ángela la habría cuidado, habría tenido más paciencia, la habría admitido en casa cuando estuvo enferma. Ésta no hizo nada de todo eso. Tu tía Gloria estaba enamorada de su Antonio, no quería que nadie se lo tocase y, al final, se lo llevó ésta, que se lo quitó del todo y para siempre, aunque esté mal decirlo cuando ya no puede defenderse. Gloria, más que maldad, lo que tenía, lo que tuvo siempre, fue soledad.

Durante tres meses aguardamos la noticia de que habían fusilado a tu tío. No sabíamos nada de él y no dábamos con la manera de enterarnos. Tu padre estaba fichado. Lo habían echado de la fábrica de zapatos en la que trabajaba como curtidor y ahora acudía todas las noches a la plaza para ver si alguien lo contrataba como peón. Tenía pocas oportunidades, porque la mayoría de quienes podían ofrecer trabajo eran de derechas y los pocos patronos que habían tenido ideas republicanas preferían no levantar sospechas contratando a rojos.

Si alguien venía a buscarlo, era siempre por un sueldo muy por debajo del que se pagaba a otros; cuando no conseguía trabajo, se pasaba el día dando vueltas por la casa y, si yo intentaba decirle cualquier cosa, me respondía de mal humor. Tampoco los demás salíamos: sólo lo imprescindible. En cualquier parte podías sufrir las impertinencias de ellos y era mejor pasar desapercibidos. Yo me levantaba muy temprano para ir al mercado. En la media luz del amanecer tenía la sensación de que era invisible, de que nadie iba a hacerme daño, y me movía con más seguridad.

Me puse a trabajar en casa. La abuela María me envió desde Misent la máquina de coser y empecé a aceptar encargos de las vecinas. En Misent, tu abuela ignoraba la detención y condena a muerte del tío Antonio. No habíamos querido decírselo. Pensábamos que era mejor que creyera que había conseguido escaparse al extranjero, y alimentábamos esa versión. «Antonio tenía buenas relaciones. Seguro que consiguió plaza en alguno de los barcos que salieron de Gandía y el día menos pensado recibimos una carta suya ofreciéndonos trabajo y buena vida fuera, en Buenos Aires, o por ahí», le decía tu padre; y en esa versión ocultaba, entre otras cosas, que él ni siquiera hubiese podido conseguir un pasaporte para salir de España en el caso de que su hermano lo hubiera llamado.

Se murió sin salir nunca al extranjero ni pedir el pasaporte. Cuando, con el tiempo, me acompañaba alguna vez al cine, de vuelta a casa después de la función, en la cama, me besaba y me decía: «¿Y si juntáramos un poco de dinero y yo te llevase a París?, ¿te gustaría?» Yo me echaba a reír y le decía que para qué París, si estábamos bien en casa, y, «además», le decía yo, «¿te imaginas cómo íbamos a entendernos con los franceses, si no sabemos ni pedir agua en su lengua?».

Entonces él encendía la luz de la habitación, se levantaba, buscaba la cajetilla de tabaco, prendía un cigarrillo y se ponía a fumar sentado en el borde de la cama. «¿Te das cuenta?», me decía, «los pobres seguimos siendo pobres aunque nos hagamos con dinero. Tienes razón, Ana, ¿qué coño íbamos a hacer tú y yo en París, si no sabemos ni dónde tenemos la mano derecha?»

Pero eso fue más tarde. Tuvo que llover mucho antes de que tu padre pudiera ir al cine y recuperase el buen humor. Luego le duró poco. Aquel primer invierno después de la guerra pasamos mucho frío. No teníamos picón para el brasero, ni leña para la chimenea. Aún no sé cómo conseguimos resistir en casa. La gente se metía en el cine, porque allí al menos se aguantaba el frío. El cine era barato, más que encender el brasero, pero nosotros no podíamos ir porque al final de la película sonaba el *Cara al sol* y a tu padre le repugnaba tener que ponerse en pie con el brazo en alto. Además, siempre se arriesgaba uno a sufrir alguna provocación. A Paco, el vecino que se escondió en nuestra casa al volver de la guerra, su propio suegro lo insultó en el cine y luego lo sacaron a empujones entre cuatro o cinco. Su suegro había dicho a voces: «Ningún hijo de puta rojo tiene que manchar el *Cara al sol* con sus babas.»

Recuerdo aquellos años de frío y oscuridad. Las

escasas bombillas de las calles apenas conseguían iluminar nada a su alrededor. En las casas procurábamos encenderlas lo menos posible, por miedo a gastar; además, cortaban la corriente eléctrica a cada rato. Teníamos frío y hambre. A fines de verano había llegado la primera carta de tu tío, y por ella nos enteramos de que había estado preso en Porta Coeli, en Hellín, en Chinchilla, y que ahora lo habían trasladado a Mantell. Nos pedía comida. Él, que siempre había sido exigente y desganado para comer, nos insistía en que le enviásemos lo que fuera. «Me imagino que a vosotros tampoco os sobrará mucho», decía en su carta, «pero, para que os hagáis una idea, aquí nos parecen un lujo las cáscaras de naranja y las peladuras de patata. Qué tiempos más bonitos, cuando estábamos todos juntos y nos reíamos y no nos faltaba lo indispensable.»

Esa misma tarde tu padre se industrió un puñado de algarrobas, almendras y boniatos. Le hizo un paquete y se lo mandó todo por medio de un transportista de Bovra que expedía mercancías cada día a Mantell, Alcoy, Jijona y Alicante y que se dedicaba al estraperlo. Aún ignoro de dónde sacó tu padre el dinero para pagar el porte. Con el tiempo, nos enteramos de que las almendras no llegaron nunca a su destino. Las algarrobas y boniatos lo hicieron sensiblemente menguados.

La guerra se prolongó para nosotros en la cárcel de tu tío. Seguíamos en guerra, aunque ya hubiese oficialmente concluido, también porque al amanecer oíamos los disparos procedentes de la tapia del cementerio. Una semana después de recibir la primera carta de tu tío, empezó el calvario de los viajes. Viajar hoy desde Bovra a Mantell resulta fácil, pero entonces había que hacer trasbordos, pasar horas y horas en andenes abandonados en los que el viento barría las hojas secas y los papeles, sufrir el traqueteo interminable de aquellos vagones de madera repletos de mujeres enlutadas y silenciosas. En el primer año después de la guerra, los trenes iban abarrotados. La gente se marchaba de sus casas, o se buscaba, y el tren recogía toda esa desolación y la movía de un lugar a otro, con indiferencia. De vez en cuando, los policías recorrían los vagones y miraban con especial suspicacia la documentación que les mostraba una de aquellas mujeres y la hacían levantarse de su asiento y se la llevaban. Entonces nos asfixiaba el silencio.

Acudíamos todas las semanas a visitarlo. Ya te digo que no sé de dónde sacábamos el dinero para el billete, ni la poca comida que conseguíamos llevarle. Llegábamos a Mantell al amanecer, después de toda una noche en el tren. Nos turnábamos: una semana iba tu padre y otra viajaba yo. En Mantell habíamos conseguido que una mujer nos alquilase su cocina y en ella preparábamos algo para que tu tío ese día pudiera comer caliente. No era gran cosa lo que podíamos ofrecerle: a veces, unas patatas con nabos; otras, garbanzos con algún hueso. No era mucho, pero era más de lo que nosotros mismos teníamos en casa. Tu abuela María también empezó a hacernos llegar para él lo que conseguía en Misent: bacalao, para que le hiciésemos un potaje, o algún huevo del corral. A veces nos citábamos en el trasbordo de Gandía y hacíamos juntas el viaje hasta Mantell. Aunque le dijimos que el tío Antonio estaba en la cárcel, siempre le ocultamos que pesaba sobre él la amenaza de una pena de muerte.

Le acusaban de haber requisado para las Juventudes Socialistas Unificadas una máquina de escribir, papel y unos archivadores, y de haber ocupado el local de un exportador del puerto de Misent, pasado al bando de Franco, para instalar allí la sede de su partido. Acabada la guerra, de los ocho componentes del grupo, dos habían sido fusilados, tres estaban en la cárcel y de los otros dos nada se sabía. Pasado el tiempo, nos enteramos de que a uno de ellos lo fusilaron en los primeros días del final de la guerra y que los otros dos consiguieron escapar a Francia.

Tu tío Antonio siempre se relacionó con gente de clase superior a la de su familia. Oficinistas, maestros, empleados de la administración o de banca y algunos comerciantes forman parte de su grupo de juventud. Fue algo que me llamó la atención desde el primer día, porque vestía con elegancia y hablaba de libros y de política. Como si perteneciese a otro mundo.

Tenía para él solo la mejor habitación de aquella casa minúscula en la que se amontonaban los demás componentes de la familia, y en esa habitación había un fonógrafo y algunas placas: le gustaba la buena música, tarareaba canciones de Caruso, fumaba en boquilla y dibujaba en unas enormes hojas de papel que tu padre le regalaba. También le regalaba los lápices, las camisas –algunas se las hice yo–, los chalecos y los zapatos. «Es el artista de la familia», me dijo orgulloso el día que me lo presentó. Yo no entendí muy bien la razón de tanto privilegio.

El abuelo Pedro había muerto a principios de la guerra y ni tu padre ni tu tío pudieron asistir al entierro. Estaban en el frente y tardaron casi un mes en enterarse de su muerte. La abuela María y yo lo atendimos en los últimos días de su enfermedad. La tía Gloria se había ido a vivir fuera de casa. Ahora estaba con un hombre viudo y mucho mayor que ella. Mantenían una triste relación. Gloria se empeñaba en negarse la felicidad. Siempre fue así. En aquellos días de la guerra, la pareja bebía, discutía y se pegaba. Tu tía Gloria supuso más una preocupación que una ayuda. El abuelo ya no se movía de la cama y había que cambiarlo y lavarlo. Una mañana no se despertó.

También el abuelo Juan perdía sus facultades. Apenas se tenía en pie y sufría viéndose inútil. «Un peso muerto», decía. Y cuando acabó la guerra y empezó a ver cómo tu padre y yo luchábamos a todas horas para conseguir lo necesario, la idea del peso muerto se le volvió obsesión. Se quedaba a oscuras en el comedor durante horas, para no gastar luz, y apenas comía. Estoy convencida de que le daba vergüenza comer porque se sentía culpable de no aportar nada. Algunas tardes se sentaba con la abuela Luisa y conmigo y nos ayudaba en la costura, y eso lo hundía aún más, porque le parecía humillante ser el aprendiz de dos mujeres. Nosotras no podíamos hacer nada. Lo veíamos hundirse y ni siquiera teníamos la oportunidad de hablar.

Así, durante tres años que nos parecieron interminables. Nos habíamos convertido en mulos de noria. Empujábamos, ciegos y mudos, buscando sobrevivir, y a pesar de que nos dábamos todo unos a otros, era como si sólo el egoísmo nos moviese. Ese egoísmo se llamaba miseria. La necesidad no dejaba ningún resquicio para los sentimientos. Lo veíamos a nuestro alrededor.

Los alimentos cambiaban de manos con gestos breves y nerviosos, con gestos de animales voraces. Comprábamos, vendíamos y cambiábamos con ansiedad y yo tenía la impresión de que aquella lucha me era ajena, que no me correspondía, y empecé a odiarlos a todos: a tu padre y a los míos, a tu hermana, a la abuela María y, sobre todo, a tu tío Antonio, que nos destrozaba cada semana, detrás de las rejas, pálido, enseñándonos más miseria y más hambre todavía, como si no fuera suficiente la que nos rodeaba, y pidiéndonos una comida de la que carecíamos.

Algunos días, de regreso en el tren, mientras la lluvia resbalaba en los vidrios de las ventanillas, y todo estaba húmedo y sucio, llegué a pensar que era él quien había tenido más suerte, porque se quedaba allí, quieto, como el zángano de la colmena, esperando, y todos los demás nos movíamos como insectos trabajando para él.

A veces volvía a leer la primera carta que nos escribió desde la cárcel y lloraba al llegar a esas palabras que decían: «Qué tiempos más bonitos, cuando estábamos todos juntos y nos reíamos y no nos faltaba lo indispensable.» Los viejos tiempos me quemaban la memoria con luces multicolores. Las tardes a la puerta de casa con las amigas, los paseos por el campo, con el sol cayendo detrás de los montes y dejando una raya roja entre los pinos, las meriendas en la playa, y las risas, y los bailes en la plaza, «ojos verdes, verdes como el trigo verde», el pelo cortado a lo garsón, el escote marinero reflejado en el espejo del dormitorio, y los zapatos nuevos, con el tacón cortado y ancho, a lo Greta Garbo. Todo se había hecho pedazos y el dolor lo recomponía en mi memoria como si esas cosas fueran el destino que me hubiera estado reservado desde siempre y los demás lo hubiesen destrozado.

Cada noche me preguntaba si es que los demás no se daban cuenta de que la miseria no nos dejaba querernos. Era como vivir entre ciegos. Una tarde, cogí a tu hermana y me la llevé al cine. Ni siquiera sabía qué película pasaban aquel día. Sólo quería vengarme de los otros. No me importó que las vecinas me viesen entrar. Al final de la función, me incorporé como todo el mundo y se me hizo un nudo en la garganta cuando tuve que cantar el *Cara al sol* con el brazo en alto. Por la noche, en casa, tu padre, que ya se había enterado, me besó, me acarició el pelo. Entonces sentí que aquella lucha desesperada por la supervivencia era la forma de amor que nos habían dejado.

Después de esa noche, y durante algún tiempo, nos quisimos más que nunca, más aún que en los primeros meses de conocernos, cuando él me esperaba todas las tardes y siempre me traía escondidos un regalo o una flor, y nos pasábamos el tiempo haciendo planes y nunca nos cansábamos de mirarnos.

Volvimos a hacer planes. Luchábamos lo mismo que los años anteriores, pero yo ahora tenía la impresión de que sabíamos por qué lo hacíamos. Las circunstancias vinieron a ayudarnos. A los pocos días admitieron fijo a tu padre en el muelle de carga de la estación. Yo tenía cada vez más encargos de costura en casa y empezábamos a poder contar con algún dinero cada mes. Poco a poco, la vida se ordenaba. Resultaba menos difícil encontrar lo necesario.

Alguna tarde tu padre nos sacaba de paseo a tu hermana y a mí y visitábamos a los amigos. Era como si después de una helada interminable empezaran a calentar los primeros rayos del sol y el ruido del agua

al correr nos alegrara los oídos. A veces venía Paco, y
tu padre y él jugaban al dominó y yo les preparaba
una taza de café y sentía que todo volvía a estar en su
sitio. Me descubría cantando mientras hacía las ca-
mas o tendía la ropa, y recordaba las viejas canciones,
no con desesperación, sino con una tristeza suave, la
del tiempo ido; y los recuerdos no me mordían, sino
que me calentaban y me humedecían los ojos con
dulzura.

No es que todo se hubiera vuelto de repente fácil.
Ya te lo he dicho. Seguíamos luchando igual. Había
que buscar el arroz a escondidas, y el aceite y la harina. Pero nos habíamos acostumbrado al pan negro, al
azúcar de las algarrobas, a disimular el sabor de unas
cosas con otras, y fue un milagro el día en que tu padre y Paco trajeron dos sacos de picón para el brasero,
y nos llenaba de alegría cada cosa que obteníamos, algunas manzanas, un pedazo de queso de oveja, unos
arenques. Cuando salía del trabajo, tu padre cuidaba
del corral y fue naciendo una población de conejos,
gallinas y palomas; y ya podía darle a tu hermana un
vaso de leche cada día. De repente nos habíamos convertido en millonarios.

Ahora era yo quien iba cada semana a Mantell, porque tu padre no podía abandonar su puesto de trabajo. A veces, la abuela María venía conmigo y, en cualquier caso, el viaje era más soportable. Seguían la incomodidad de los trenes, las largas esperas, las paradas arbitrarias e interminables, el agotamiento, pero aquel deshielo que parecía haberse producido en nuestra casa también parecía afectar a los demás, y en los vagones hablábamos, nos hacíamos confidencias y acabábamos encontrando compañeras de viaje.

Las mujeres que íbamos de visita a la prisión nos reconocíamos a fuerza de vernos semana tras semana. Nos hacíamos encargos, compartíamos cacerolas y cocinas e íbamos perdiendo poco a poco el miedo. De vez en cuando, la noticia de nuevos fusilamientos rompía aquel equilibrio frágil que nos empeñábamos en inventarnos, pero enseguida nos poníamos nuevamente en marcha porque ya sabíamos que era necesario que siguiéramos viviendo.

54

En algunos momentos del trayecto me sorprendía contemplando el paisaje, descubriendo los lugares que el tren recorría, y me adormecía con el calor del sol, mientras saltábamos barrancos y bordeábamos montañas sembradas de pinos y olivos. Pensaba en lo injusta que había sido culpando a tu tío Antonio, y ese pensamiento me hacía daño y me acompañaba cada vez que divisábamos el edificio de la cárcel y soportaba los registros de los guardias, las bromas pesadas y los insultos, y percibía aquel olor húmedo y sucio de los pasillos que llevaban hasta el locutorio.

Me daba vergüenza, cuando me encontraba ante él, que pudiera descubrir que yo estaba dejando de ser desdichada, y su palidez me parecía una acusación y me turbaba la oscuridad de su mirada. Seguía pendiendo sobre él la amenaza de la pena de muerte, y tuve esa terrible certeza una mañana en que, al llegar a la estación, cundió el rumor de que la noche antes había salido de la cárcel una conducción de doce presos para cumplir otras tantas penas de muerte.

Ese día no pasé por la casa en que alquilábamos la cocina. Corrí desde la estación a la cárcel. Necesitaba saber. Esperé en vano en la puerta hasta que llegó el turno de visitas y escuché su nombre. Entonces entré en el locutorio y no supe cómo explicarle por qué aquel día no le había cocinado nada. «Ha llegado el tren con retraso», le dije, sin pararme a pensar que, de haber sido así, tampoco los otros presos hubiesen recibido su guiso familiar. Creo que intuyó el motivo, porque sonrió con ironía y me dijo que también él había estado un poco nervioso.

Lo soltaron de improviso.

A eso de mediodía llamaron a la puerta de casa y alguien dijo: «El afilador. Está aquí el afilador.» Desde la cocina grité que no necesitábamos nada, pero la voz insistió: «Señora, salga usted, que el afilador le trae un regalo.» Pensé que se trataba de algún guasón y me asomé desconfiada.

Me lo encontré allí, a la puerta, con un saco en la mano izquierda y la maleta de cartón en el suelo, a sus pies. Corrí a llamar a tu padre. Estaba tan excitada que lo dejé de pie en el zaguán, sin ofrecerle ni un vaso de agua. La fuerza de los recuerdos. Llevaba una camisa verde, de manga corta, que le había cosido la abuela María, y era como si la camisa se la hubiesen puesto a un espantapájaros, porque estaba muy arrugada y le quedaba anchísima. También los pantalones le estaban grandes. Los llevaba atados con una cuerda y eran azules, de mil rayas. Hacía calor.

Recuerdo mi trayecto hasta el muelle de la estación. Le había dicho: «Estáte quieto, que voy a llamar a Tomás», y me había echado a correr. En el muelle había algunas cajas de tomates y un montón de sacos que olían pegajosamente a algarrobas secas, pero que contenían fertilizantes, porque recuerdo que se había reventado uno de ellos y pisé su contenido, que cubría parte del suelo.

Tu padre ni siquiera se puso la camisa. Salió corriendo delante de mí y, cuando llegué a casa, ya estaban los dos sentados ante una botella de vino frío que no sé de dónde había salido. Era viernes. El domingo fuimos a Misent, a ver a la abuela María. Tu hermana corrió toda la mañana por el huerto y tu abuela mató una gallina. En la mesa, a la hora de la comida, faltaban el abuelo Pedro y la pobre Pepita, pero era como si hubiesen vuelto los buenos tiempos.

Fue un día luminoso. Tu tío Antonio había recuperado la elegancia y la palidez no le sentaba mal. Tu padre y él salieron antes de comer a tomarse el vermut y volvieron achispados y contentos. Parecía que ya nada podría hacernos daño; que habíamos perdido cuanto teníamos que perder y estábamos de nuevo destinados a la felicidad. Aunque la desgracia siguiera arrastrándose a nuestro alrededor, no iba a tocarnos con sus manos. La guerra había terminado.

Después de la comida, tu tía Gloria y su amigo nos obsequiaron con una bandeja de dulces. También ella estaba radiante y feliz de volver a ver a su hermano. Parecía otra. Se había puesto un ramillete de jazmín en el pelo y se pasó la tarde bromeando. Con un sombrero viejo y un bastón que había sido del abuelo, se disfrazó de Charlot. Se pintó los ojos y un bigotito de cepillo y parecía de verdad Charlot. Todos nos reímos. Tu padre me obligó a beber y tu hermana se excitó. Ella aún no había tenido la ocasión de ver a Charlot en el cine, pero se le contagiaba toda aquella alegría y quiso que tu tía también le pintase un bigote y le pusiera el sombrero.

Por la tarde fuimos a dar un paseo por la playa y luego a un merendero. En una mesa cercana a la que nosotros ocupábamos, un hombre tocaba el acordeón y tu tío le pidió que lo acompañase y cantó para nosotros tangos y romanzas. Tenía muy buena voz y a todos nos emocionaron las letras de aquellas viejas canciones que hablaban de cosas lejanas y, sin embargo, parecían hablar de nuestras propias vidas, de las ilusiones, del sufrimiento y de la alegría que empezábamos a recuperar, aun a costa del olvido de quienes se habían ido para siempre. «De ahora en adelante ya no se irá nadie más. Estaremos aquí, juntos, toda la vida», me repetía yo, como si el fin de la guerra nos hubiera curado de la enfermedad, de la desgracia y de la muerte.

Tu tío se instaló en nuestra casa. Tenía que presentarse a diario en el cuartel de la Guardia Civil, y no era raro que viniesen a controlarlo incluso a media noche. La euforia de los primeros días se había desvanecido. Y a pesar de que allí, en Bovra, no lo conocía casi nadie, se retraía a la hora de salir, y cuando lo hacía —para ir al cuartel, o con cualquier otro motivo—, caminaba huidizo, pegado a la pared y encogido. A veces se me hacía difícil identificar a ese hombre asustado con el que yo había conocido antes de la guerra.

Permanecía encerrado en su cuarto casi todo el tiempo, como si no consiguiera acostumbrarse a los espacios abiertos. Tu padre, cuando volvía del trabajo, procuraba llevárselo al bar, o a casa de Paco para jugar unas partidas de dominó. A veces salía al campo y regresaba con pedazos de madera que tallaba cuidadosamente a lo largo de días enteros. A tu hermana le fabricó un diminuto juego de café en madera y luego lo pintó y parecía que fuese porcelana china. También le hizo un comedor de casa de muñecas. Había aprendido a tallar en las interminables veladas de la cárcel y pronto empezó a buscarse algún dinero por ese medio.

Al principio hizo juguetes y figuritas decorativas, pero a nadie le interesaban los juguetes en aquellos tiempos: nadie estaba dispuesto a pagar por ellos, así que empezó a fabricar cucharones, cazos y cucharas y tenedores de madera, que yo me encargaba de venderles a los vecinos. Tenía muy buenas manos y, aunque ganaba muy poco, se sentía útil. No sólo él, porque el abuelo Juan, hasta entonces condenado a ayudarnos a las mujeres, se sentaba a su lado y, poco a poco, fue aprendiendo a ayudarle; hasta tu hermana colaboraba.

No te voy a decir que de repente se acabaran las dificultades, ni mucho menos. Había que hacer colas para conseguir cualquier cosa, pero tu padre se las ingeniaba para traernos aceite, harina (por fin teníamos, a veces, harina blanca) y arroz, que llegaban de estraperlo al muelle de la estación. Con el tiempo, cuando os he visto discutir a tu hermana y a ti por estupideces, he pensado que entonces nosotros llegamos a ser bastante felices sin poseer casi nada.

Volvíamos los cuellos de las camisas, o los cambiábamos, zurcíamos los codos con cuidado para que no se notasen los arreglos y, al lavar, mimábamos la ropa, frotándola apenas, para no desgastarla. Y, sin embargo, recuerdo con gusto las tardes en las que entraba el sol en el zaguán de casa y me sentaba a coser y veía a tu tío y al abuelo Juan trabajando la madera y me levantaba para prepararles una taza de café. Fíjate, por un momento fue como si la guerra nos hubiese enseñado a soportarnos, a querernos, porque antes yo discutía por cualquier cosa con la abuela Luisa y ahora, sin embargo, vivíamos juntas y nos tratábamos como amigas.

La casa se convirtió en un verdadero taller el día en que se incorporó al trabajo José, un muchacho de aquí, de Bovra, que había estado en la cárcel con tu tío y que, cuando se enteró de que se había venido a vivir con nosotros, se presentó para saludarlo y, al poco rato, ya se había sentado con él y con el abuelo para trabajar. Pronto empezaron a aparecer dos o tres clientes cada semana, que se llevaban la producción, pagaban y les dejaban listas de encargos para los siguientes días.

Tu padre les compró a los carpinteros una mesa de trabajo y herramientas, y, más adelante, un torno. El día en que instalaron el torno, tu tío y José salieron de casa bromeando y volvieron al cabo de un rato con una garrafita de vino y nos hicieron beber a todos. «Porque esto es ya una empresa de verdad», brindó tu tío, mientras acercaba un vaso a los labios de tu abuela, que yo creo que no había probado el vino en su vida.

Se acostumbraron a jugar una partida en el bar, una vez que tu padre volvía del trabajo y se lavaba. A veces también iba con ellos Paco. José comía a diario en nuestra casa y siempre procuraba tener algún detalle. Era muy buena persona, el pobre. Los domingos por la mañana traía churros y, al mediodía, yo les apartaba una patatita del cocido y se la tomaban como aperitivo, con el vino, ante la puerta trasera de la casa, donde en invierno daba el sol. Oían la radio y, después de comer, se iban al fútbol. Una vez que ellos se habían marchado, el abuelo Juan, que participaba muy animado en sus conversaciones, se encerraba en su habitación. A veces lo oía llorar a través de la puerta cerrada.

Pasada la primera temporada de euforia, también tu tío empezó a tener días malos. Se le agriaba el humor de improviso y perdía el buen carácter al que nos tenía acostumbrados y se volvía esquivo y silencioso. Apenas comía. Yo pensaba que tenía que echar de menos Misent, a sus amigos y a su madre, y lo animaba a que cogiera el tren y se marchara algunos fines de semana, ahora que la obligación de los controles se le había vuelto menos rigurosa. Pero, en vez de hacerme caso, se quedaba en la cama hasta tarde, y ni siquiera se asomaba al taller cuando llegaba José. Se levantaba cerca del mediodía, se escapaba por la puerta de atrás, sigiloso como un gato, y se iba solo al campo, de donde ya no volvía hasta la noche.

Me hacía daño verlo así. Parecía que se había caído a un pozo y que no sólo no tuviese ganas de salir, sino ni siquiera de gritar pidiendo auxilio. Lo malo es que esos días se le hicieron más frecuentes. Algunas noches, en vez de marcharse con tu padre y José al bar, se encerraba en su habitación y se quedaba hasta tarde con la luz encendida. A la mañana siguiente, cuando entraba a ordenarle el cuarto, encontraba sobre la mesilla sus cuadernos de dibujo, los hojeaba, procurando que él no pudiera advertirlo, y descubría que había estado dibujando plantas, flores, y también hombres acurrucados en sillas y vestidos con el uniforme de presos. A veces dibujaba mujeres desnudas, y yo sentía vergüenza al ver esas páginas y las pasaba deprisa, como si fueran a quedarse marcadas en ellas las huellas de mis dedos y tu tío fuera a darse cuenta de que las había mirado y eso nos convirtiera en cómplices de algo. En una ocasión, vi que había dibujado mi cara y sentí una culpa que sólo se desvaneció en parte cuando, al pasar la hoja, encontré el retrato de tu padre. Pocas semanas más tarde, en Misent, esa sensación culpable volvió a apoderarse de mí con violencia. Ya no me abandonaría nunca.

Procurábamos visitar a la abuela María al menos una vez al mes. Se había quedado muy sola después de la muerte del abuelo Pedro y tenía que sentir esa soledad a pesar de su entereza. La abuela María no quiso venirse nunca a Bovra. No quería separarse de Gloria, que en vez de servirle como ayuda le daba cada vez más preocupaciones.

Gloria se llevaba igual de mal que siempre con su amante. A veces se presentaba de madrugada en casa de su madre, con la cara llena de arañazos y los brazos amoratados. «No pienso volver con ese hijo de puta ni aunque me lo pida de rodillas», decía. Pero a la otra mañana, sin que nadie le pidiera nada, volvía con él. Y tu abuela nos decía: «¡Cómo me voy ir de aquí, si ésta es la que más me necesita! El día menos pensado hará una locura.» Fingía no darse cuenta de que no hacía falta esperar a ese día, porque Gloria hacía sus locuras a cada instante.

Cuando íbamos a comer a Misent, Gloria –que

se negaba a participar en la comida– se presentaba a los postres, dispuesta a fastidiarnos la fiesta. Nos echaba en cara que sólo fuéramos a Misent para aprovecharnos de la abuela. «Venís a vaciarle la despensa y a ponerla a trabajar como una criada para vosotros», acusaba. La mayoría de las veces se le notaba que había bebido más de la cuenta y ni tu padre ni tu tío le hacían demasiado caso. Sin embargo, en otras ocasiones, consiguió hacernos daño.

Recuerdo un domingo –creo que fue por Pascua, no estoy segura– en que salimos a comer al campo. Tu tío se había separado del grupo y volvió al cabo de un rato con un ramo de flores, que repartió entre tu tía Gloria, tu abuela, tu hermana y yo. Comentábamos tu abuela y yo lo hermosas que eran y el agradable perfume que desprendían, cuando de improviso tu tía tiró su ramo a los pies de Antonio y dijo: «A mí no me gusta ser plato de segunda de nadie, ni siquiera de mi hermano. Dáselas a ella y déjanos a los demás en paz. Sí, a ella.»

Me puse blanca como una pared, y de repente no supe qué hacer con las flores que tenía abrazadas contra el pecho. Tu abuela, que estaba a mi lado, me apoyó la mano en el hombro y me pidió que no hiciera caso. Por suerte, tu padre estaba en ese instante lejos y no había oído nada; de no haber sido así, creo que la hubiera matado allí mismo. Fue tu tío Antonio quien se levantó y le dio una bofetada: «No se te ocurra volver por casa cuando estemos cualquiera de nosotros», le dijo. Y ella respondió: «Pégame. Las bofetadas no te van a curar.»

Esa semana tu tío Antonio apenas trabajó en el taller. Yo misma tuve que ayudar a José y al abuelo para que sacasen a tiempo los encargos. La abuela, él y yo acordamos no comentarle a tu padre el incidente con Gloria. «No sé lo que sería capaz de hacer con ella», dijo la abuela. Y cuando nos quedamos a solas, me pidió que tuviera paciencia, aunque añadió: «Y fuerza de voluntad.» Y a mí me pareció que esas palabras expresaban una sospecha.

Probablemente fueron mis nervios excitados los que me llevaron a interpretarlas así, pero la verdad es que Gloria había conseguido ensuciarnos. Ahora, la tristeza de tu tío Antonio, las mujeres desnudas de su cuaderno y mi retrato formaban el dibujo de un rompecabezas cuyas piezas habían estado sueltas hasta entonces. No sé a quién le escuché decir en cierta ocasión que hay palabras que son de un vidrio tan delicado que si uno las usa una sola vez, se rompen y vierten su contenido y manchan.

El sábado siguiente tu tío decidió volver a Misent –al menos eso fue lo que dijo la tarde del viernes–. Se levantó temprano, preparó la bolsa con la ropa y algo de comida que yo le dejé a punto la noche antes y cogió el primer tren. No regresó el domingo por la noche, a la hora en que acostumbrábamos a hacerlo cuando íbamos a visitar a tu abuela, ni tampoco en ninguno de los trenes de la mañana del lunes.

Volvió después de comer, cuando ya estábamos todos preocupados y pensábamos que podría haberle ocurrido algo. Nos dijo que había estado con la abuela María, pero yo supe enseguida que no, porque venía sin afeitar y traía toda la ropa sucia. La abuela María, además de lavarle y plancharle la ropa, siempre le metía algo en la bolsa para nosotros, y ese día se vino sin nada. Ni siquiera traía una chuchería para tu hermana.

Cuando recogí la ropa sucia, descubrí que olía a perfume de mujer, y ese olor me hizo tanto daño que tuve que inventarme una excusa para salir de casa, porque allí dentro me asfixiaba.

Al otro sábado, repitió el viaje, y el lunes no se presentó. Ni tampoco el martes, ni el miércoles. Y nosotros no sabíamos qué hacer, porque no podíamos llamar a tu abuela a Misent, por miedo de preocuparla sin motivo; ni nos parecía conveniente denunciar su desaparición a la Guardia Civil, cuando apenas hacía unos meses que había dejado la obligación de pasar control. Además, tu padre y José pensaban que se había ido a Francia, o que se había incorporado a alguna de las partidas del maquis que aún quedaban en la comarca.

Yo sabía que no. A ellos les parecía prueba suficiente el hecho de que, al mismo tiempo que tu tío, hubiese desaparecido el dinero que guardaban en la caja común del taller y que tu padre se encontrara el sábado por la mañana con la cartera vacía. A mí, ésas me parecieron pruebas que alimentaban otra sospecha, aunque no quise decirles nada: ni siquiera que también yo había notado que faltaba dinero de mi monedero y que tenía dificultades para poder hacer la compra.

Parece que las mujeres tenemos comunicaciones secretas. Una noche, mientras los hombres trabajaban en el taller y mi madre y yo preparábamos la cena en la cocina, me dijo: «Tú tampoco crees que se haya ido muy lejos, ¿verdad?» Y le respondí que, en efecto, también yo estaba convencida de que no se había ido. «El día que se vaya, y ojalá sea pronto, nos hará a todos un favor», apostilló cuando ya había vuelto a darme la espalda y parecía hablar con la sartén para que yo no la oyera. Pensé en ese momento que las palabras de la tía Gloria la habían infectado a distancia también a ella.

Aquella semana trabajamos todos en el taller. Tu padre se sentaba con nosotros cuando salía del muelle del ferrocarril, y nos quedábamos hasta muy tarde, pero entre todos apenas conseguíamos sacar el trabajo adelante, porque nos faltaban la habilidad y experiencia del tío Antonio. Por la noche, una vez en la cama, tu padre me abrazaba y repetía como si hablase consigo mismo: «Lo van a matar. Un día de éstos vendrán a decirnos que lo han matado.»

Dormía con la respiración agitada y hablaba en sueños. Volvía a estar fuera de sí, como estuvo los primeros días después de que se llevaran a tu tío a la cárcel. Y yo no me atrevía a compartir con él mis pensamientos, mis sospechas, y así me iba haciendo cómplice de tu tío sin querer, porque yo sabía que tenía la obligación de evitarle esos sufrimientos a tu padre, y me limitaba a pasarle la mano por la cabeza y a pedirle que se durmiera, como se les pide a los niños pequeños, y a decirle que ya vería como todo se iba a acabar arreglando.

Tuvo que ir tu padre a buscarlo a una casa de citas que había en Cullera. Se enteró de que estaba allí por alguien que llegó en el tren y se lo dijo. Sin avisarnos, se fue a buscarlo. Había perdido en el juego todo el dinero que sacó de casa, y además tu padre tuvo que salirle como fiador y pagar otras deudas que había contraído.

Había estado fuera dos semanas y, durante todo ese tiempo, yo había vigilado con ansiedad los trenes y había ordenado no sé cuántas veces su ropa en el baúl, y me había tropezado con sus cuadernos de dibujo, aunque no me había atrevido a abrirlos. Cada vez que, con cualquier excusa, entré en su habitación, me acordé de las palabras de la abuela Luisa: «El día que se vaya, y ojalá sea pronto, nos hará a todos un favor.» Necesitaba que volviera y, al mismo tiempo, quería que se fuera para siempre.

Volvió borracho y sucio, y tu padre me pidió que le preparase algo caliente para comer, y lo lavó y lo metió en la cama. «La cárcel lo ha hecho polvo», lo disculpó, y yo pensé que disculpaba su propia debilidad. A la mañana siguiente, y sin que su decisión tuviera en apariencia que ver con el regreso de tu tío Antonio, la abuela Luisa decidió volverse a su casa. El abuelo Juan y ella ya no volverían a salir de allí. En esa casa murieron los dos. Primero, el abuelo Juan, y media docena de años más tarde, ella. Ni siquiera después de que se quedó sola quiso dejar su casa. Tú tienes que acordarte de la casa de la abuela Luisa. Te gustaba pasarte las tardes allí. Te escondías detrás de las aspidistras del patio y jugabas con un pajarito que ella te dejaba para que lo paseases atado por un hilo a la pata.

Intento explicarte el desorden que se apoderó de mí por entonces. Me parecía que tu tío no tenía escrúpulos; y, al mismo tiempo, no conseguía librarme de una imagen desoladora: él, metido en un pozo, y sin fuerzas ni siquiera para gritar.

Cada vez que se iba, llevándose nuestro dinero, nos hacía sufrir, pero era como si se dejara arrastrar por la corriente de un río en el que quería hundirse. Y tu padre se convertía en culpable porque lo rescataba y lo obligaba a vivir. Sí, la culpa caía siempre sobre nosotros, porque no lo dejábamos perderse de una vez para siempre.

Él regresaba sudoroso, borracho, sucio; sin afeitar, y, sin embargo, inocente. Nosotros –hablo sobre todo de tu padre– peleábamos por rescatarlo, perdíamos nuestra salud y nuestra felicidad y éramos egoístas. A él lo rodeaba la luz y a nosotros –como en la letra del bolero– nos envolvían las sombras, las sombras de la mezquindad.

Una vez entró de improviso en su habitación mientras yo hacía la limpieza, y me sorprendió con el cuaderno de dibujo en las manos. Entonces sacó otro que guardaba escondido en el doble fondo del baúl y me enseñó diez, veinte retratos míos. Me eché a llorar, de angustia, o de miedo, justo en el momento en que tu padre, de vuelta del trabajo, abría la puerta de la calle. Fue sólo una reacción nerviosa, pero, a partir de ese momento, creo que los dos supimos que ya no podríamos quedarnos a solas en casa.

Teníamos que evitarnos.

Sospeché que yo misma le estaba perdiendo el respeto a tu padre. No entendía que fuese tan permisivo con tu tío y que no se diera cuenta de que nos ponía en peligro. Le exigía que defendiera más nuestra casa, aunque cada vez que se lo insinuaba –apenas una palabra, porque no me atrevía a pronunciar la verdad de lo que no existía–, él siempre me salía con eso de que la cárcel lo había hecho polvo, y no quería darse cuenta de que había algo en tu tío que podía hacernos polvo a los demás.

Aquella escapada no fue la última, y si el taller se salvó, fue por nosotros: por tu padre, por José, por mí, por tu abuelo Juan, a quien tu hermana le llevaba a casa el trabajo cada día. Tu tío Antonio bebía, se iba durante semanas enteras, se llevaba el poco dinero que nos esforzábamos en guardar y se lo gastaba en el juego. Y yo había vuelto a complacerme –sufriendo cada vez más– entrando en su cuarto cuando él no estaba, vigilando los trenes que llegaban a la estación por ver si volvía, cuidando su ropa y acariciando las tapas verdes del cuaderno de dibujo.

Había empezado a odiarlo, quería que se marchara para siempre y, al mismo tiempo, me sentía culpable, como si estuviera engañando a tu padre. No sé cómo explicártelo. Era como si tu tío Antonio y yo nos comunicásemos a escondidas durante sus ausencias. Y era así porque tu tía Gloria había echado sobre nosotros el celofán de un secreto; o porque había puesto al descubierto que él y yo respirábamos un aire distinto al de los otros, porque habíamos vivido hasta entonces envueltos en ese celofán que ni nosotros mismos advertíamos.

Entraba en su habitación y deseaba que se fuera para siempre y, sin embargo, sentía algo en la punta de los dedos cuando pasaba el trapo del polvo por la superficie de su mesilla, o cuando recogía su ropa sucia: algo que me hacía temblar y que no tenía nada que ver con lo que esas actividades provocaban en mí cuando las llevaba a cabo en cualquier otro rincón de la casa.

Como en los primeros tiempos recién acabada la guerra, volví a sentir que todos me habían abandonado. Y volví a odiarlos. Lo odié a él y odiaba a tu tía Gloria, y a tu padre, porque tenía que librarme de él y no lo hacía, y a la abuela Luisa, porque me había acusado con sus sospechas y luego se había ido dejándome a la deriva como una rama seca en la corriente de un río.

De nada valían los sueños de la juventud. Yo estaba casada con tu padre, lo quería, y, sin embargo, no podía gritarle que me salvara. ¿Entonces? Yo sólo sabía que no puede nombrarse lo que no existe. Y nada existía: sólo una certeza resbaladiza como un caracol, un aceite que se escapaba entre los dedos y dejaba manchas.

Una noche me abracé a tu padre y le dije que quería que volviésemos a estar solos él, tu hermana y yo, como habíamos pensado que lo estaríamos hasta que llegó la guerra. Se volvió del otro lado en la cama y me pidió paciencia. Luego, ya bostezando, dijo que todas las mujeres éramos igual de egoístas. Entonces me pareció una piedra, algo frío e insensible que, por más que me esforzase, no iba a poder calentar. Aquella noche hubiese querido castigarlo, hacerle daño, aunque sólo fuera para demostrarme que también él merecía compasión porque era un ser capaz de sentir.

Pareció tranquilizarse durante los meses que siguieron. Sus escapadas se hicieron menos frecuentes y se entregó con aparente ilusión al trabajo. No era raro que tu padre y José tuvieran que insistirle para que dejase la tarea, porque a veces se quedaba hasta la madrugada y se empeñaba en trabajar también los domingos. Los domingos, mientras los hombres se marchaban al fútbol, tu hermana y yo visitábamos a los abuelos y, con el tiempo, nos acostumbramos a ir al cine.

Ahora, las películas ya eran habladas y el piano permanecía silencioso al pie de la pantalla, sin que nadie se ocupase de hacerlo sonar. Yo le hablaba a tu hermana de los tiempos de antes de la guerra y del sonido de eso que a ella le parecía un mueble, un armario o algo así, y que nunca había tenido ocasión de escuchar.

Cierta tarde, de vuelta de casa de tu abuela, al pasar ante la ventana del salón de una casa elegante, escuchamos el sonido de un piano y nos quedamos un rato allí, quietas y pegadas a la reja. A los pocos días, tu hermana volvió de la escuela muy excitada. Me dijo que se había asomado al interior de aquella casa y que el piano tenía la tapa levantada y que por dentro era como fichas de dominó puestas en fila.

Desde esa tarde, me la encontraba con frecuencia en algún rincón de la casa, sentada en el suelo, ordenando en una caja las fichas del dominó de tu padre y tarareando canciones que se inventaba.

Pasados los años, y cuando ya había empezado a trabajar en la fábrica de productos químicos, una vez me enseñó sus manos estropeadas y me dijo con una sonrisa triste: «¡Y yo que de pequeña quería ser pianista!» A veces me acuerdo de sus palabras, cuando la veo incapaz de salir de esa burbuja a la que la vida la ha condenado, teniendo un hijo tras otro.

Cuando la oigo hablar sin ilusión, escupir amargura y egoísmo y consumir montones de cigarrillos, siempre agobiada y siempre insatisfecha, me acuerdo de la niña que cantaba ante las fichas de dominó y pienso que, si tu padre se entregó a la derrota demasiado pronto, si lo vencieron enseguida, yo tenía que haber luchado más por ella, y me pregunto de qué nos valió la honradez, la entrega, el querer que las cosas fueran como creíamos que tenían que ser.

Nunca me ha gustado la gente que corre detrás de los de arriba, pero me hubiera gustado otro futuro para ella: no sé, que se casara con el hijo del chico rubio que tocaba el piano en el cine y del que no volvimos a saber nada después de la guerra.

Trabajamos mucho durante aquellos años. Tu padre se dejaba la salud en el muelle de la estación. Yo cosía, me ocupaba de la casa, ayudaba en el taller de carpintería, lavaba y planchaba para las vecinas. Cuando pienso en aquellos tiempos, no me explico cómo conseguíamos sacarle tantas horas al día. Incluso tu hermana, cuando salía de la escuela, colaboraba como si fuese una mujer. A tu hermana y a mí nos salvaba el cine de los domingos.

Llorábamos con lo que les pasaba a los artistas del cine, y así ya no teníamos que llorar en casa. A medida que se alejaban los recuerdos más espantosos de la guerra, volvíamos a soñar: un día podríamos peinarnos como aquellas mujeres tan guapas, que parecían de verdad en la pantalla, y no eran más que humo: el polvo luminoso que se escapaba de la cabina del maquinista. Pasearíamos junto a la playa en uno de aquellos coches silenciosos, que hacían un ruido suave, como un silbido, cuando frenaban en la grava de

los jardines, entre los rosales y los macizos de horten-
sias. Al salir, nos reíamos de nuestros sueños: «¿Te
imaginas? Yo con ese gorro que parecía que llevaba
un frutero encima, o con el de la mala, ese que llevaba un poco de tul negro para ocultar la mirada, y una
pluma negra. Tu padre, vestido de esmoquin blanco,
le reñiría al chófer por conducir con brusquedad. Le
diría: "¿Pero es que no se da cuenta de que lleva a una
gran dama y a una señorita?, ¿o es que cree usted que
transporta ganado?"» Tu hermana se reía, porque nos
imaginaba a tu padre y a mí, bailando el vals, ligeros
como plumas, y con las caras tapadas con un antifaz.
Durante toda la semana, nos acordábamos de las películas del domingo.

No podíamos quejarnos. Poco a poco, la vida se volvía más fácil. Tu padre alquiló una cuadra en las afueras del pueblo. La limpiamos entre todos e instalamos las máquinas allí. El local, una vez ordenado, quedó presentable. Olía a lejía. Incluso tu tío parecía haber recuperado el buen humor. Canturreaba a todas horas esas romanzas de Caruso que tan bien se le daban. Ahora iba de casa al taller y del taller a casa y no abandonaba el trabajo como no fuera para salir con tu padre y José, o para ir algún fin de semana a Misent. Si, por cualquier motivo, nosotros no podíamos ir con él, me pedía que le dejara llevarse a tu hermana. Creo que se tenía miedo.

También al abuelo Juan le vino bien la instalación del taller en el nuevo local. Estaba muy cerca de su casa y, cada mañana, José y tu tío iban a recogerlo y se pasaba el día allí, ayudándoles, y se entretenía y se le desvanecían sus obsesiones.

Yo me decía que ahora no nos faltaba nada, pero

ya había aprendido a desconfiar de la felicidad, que siempre se nos acababa escapando, y pensaba con frecuencia en qué iba a ser lo que viniera a romper el equilibrio de nuestras vidas, y sentía una enorme tristeza cuando acariciaba a escondidas las tapas verdes del cuaderno de dibujo de tu tío, o cuando veía volver a tu padre del trabajo. En el cine, a veces me echaba a llorar sin que viniese a cuento.

La primera vez que vino al pueblo fue en vísperas de Pascua. La trajo una muchacha de aquí, de nuestra calle, que trabajaba como planchadora en una casa aristocrática de Valencia, unos marqueses o algo así. Venía impresionante. Aquí, de no ser en las películas, jamás habíamos visto a una mujer que vistiese con tanta afectación. Por no faltarle, ni siquiera le faltaba el gorrito: uno de esos gorros que tanto nos hacían reír a tu hermana y a mí cuando los veíamos en el cine. Seria, distante, venía con un objetivo. Aunque de eso nos enteramos más tarde.

Al parecer, la planchadora le había hablado de tu tío y hasta le había enseñado alguna fotografía, así que ésta se presentó el fin de semana con el propósito de conocerlo. Ni se acercó para saludarnos, ni alargó el brazo para darnos la mano, como si todo, en el pueblo, le diese un poquito de asco. Sin embargo, a media mañana, ya estaba con la vecina en el taller, venga a hablar y reírse con José y con tu tío, y allí no tuvo ningún reparo en sentarse en una banqueta llena de serrín, y en comer lo que yo les llevé a mediodía, eso sí, haciendo muchos ascos, pero sin dejar bocado.

Por la tarde pusieron la radio y estuvieron allí bailando los cuatro, sin que les importasen los comentarios de la gente del pueblo. A la noche siguiente, la planchadora se marchó y ésta se metió en el casino con tu tío y telefoneó a Valencia, sin duda para explicar los motivos de por qué no iba. Nadie pudo enterarse de lo que dijo, porque habló en inglés. Luego, tu tío se presentó en casa con la carretilla del taller, cargó en ella un colchón, sábanas y mantas, y dijo que esa noche no vendría a dormir.

Cogió el tren a la tarde siguiente y, cuando los vi despidiéndose en el andén de la estación, pensé que no iba a tardar muchos días en volver y que, cuando volviera, sería para quedarse.

No me equivoqué. Al otro viernes se presentó de nuevo y, un par de domingos más tarde, tu tío nos pidió que los acompañásemos a Misent. En mitad del trayecto, se puso de repente serio, y dijo: «Isabel será pronto mi mujer. Vamos a casarnos en cuanto podamos.» Y ella, que había estado comiendo en nuestra casa, que había estado entrando y saliendo con tu tío, y que hasta ese momento apenas nos había dirigido la palabra, se levantó del asiento con una sonrisa llena de simpatía y nos besó a tu padre, a tu hermana y a mí. En ese momento, Isabel —yo creo que hasta entonces ni sabíamos su nombre— se dio cuenta de que existíamos.

Para entonces, ya nos habíamos enterado de que

no era la sobrina de esa familia de Valencia, sino una de las criadas, y que si hablaba inglés era porque había vivido en Inglaterra con esa familia en los años de la República y la guerra. Fíjate si me iba a creer la repentina simpatía de su sonrisa.

Pensé que me había equivocado. No era muy eficiente para la casa —no sabía cocinar, ni coser, ni planchar y era torpe cuando fregaba y lavaba—, pero se esforzaba por ayudarme. Nos llevábamos mejor de lo que yo había pensado en un principio. Aprendía con facilidad cuanto yo iba enseñándole. Por la tarde, se sentaba a escribir cartas, y también en unos cuadernos en los que anotaba —según ella misma me contó— cuanto le ocurría a lo largo del día. «Pero si, por suerte, no nos pasa nada», le decía yo, «¿de dónde puedes sacar tema para pasarte tanto tiempo escribiendo?» Nos reíamos las dos. Tenía una letra grande, hermosa, en la que las bes y las eles sobresalían como las velas de un barco.

Aprendí a admirarla. A que me gustara su ropa: los escasos vestidos que se había traído consigo, muy gastados, pero de corte elegante, y los que la señora le regalaba cuando iba a Valencia, y que yo le ajustaba a sus medidas. También empezó a gustarme su capacidad para hablar y convencer a los hombres de cuanto ella pensaba que debía hacerse, incluso en el taller, donde había empezado a llevar las cuentas. Y envidié –aunque no dejaba de escandalizarme– el modo en que trataba a tu tío, a quien besaba y acariciaba en público.

Se ofreció a mejorar mi torpe letra, a cambio de que yo la enseñara a cocinar; a traerme de la capital frascos de perfume y cremas de maquillaje, a cambio de que yo la enseñara a coser. Me hizo un montón de promesas que a mí me ilusionaron. Pasamos muchas tardes sentadas junto a la ventana. Ella vigilaba mi caligrafía y yo sus puntadas irregulares. A veces, me leía algunos párrafos de lo que había escrito ese día en sus cuadernos. En ellos hablaba de que, al abrir la ventana de la habitación, la luz del sol la había emocionado, o de que el aire llegaba húmedo y olía a mar. Era como si tuviese unos dedos más largos que los nuestros y pudiera tocar aquello que nosotros no alcanzábamos.

Y a mí eso me parecía envidiable, como también me lo parecía –aunque desconfiase– que hiciera planes por sí misma, y no pensando en los otros; y que su tristeza o su alegría tuvieran vida propia y no dependiesen de cuanto había a nuestro alrededor, que era lo que yo creía que podía hacerme sufrir o alegrarme.

Una tarde me leyó algunas líneas: «Melancolía», decían, «en esta tarde calurosa sufro la tristeza de la soledad y el aburrimiento. Bovra es un vacío en el que me falta el aire.» Cuando terminó la lectura, levantó la cabeza y se quedó mirándome. Ahora pienso que tal vez leyó aquellas palabras como una especie de prueba y que yo reaccioné con una ingenuidad que tuvo que defraudarla. «¿Por qué esa tristeza, Isabel, por qué escribir de soledad ahora, cuando empezamos a ir mejor, cuando estamos juntos?» Sonrió mostrándome esa tristeza que había escrito y cerró el cuaderno.

Cuando intentaba levantarse para ayudarme a preparar la cena, yo me negaba. Me parecía interrumpir con algo demasiado vulgar lo que ella hacía, escribiendo con un cuidado y una dedicación exquisitos. Ciertas tardes, me encerraba en su habitación y me mostraba los frascos de perfume que, al parecer, le regalaba su antigua señora, y que contenían esencias que olían a rosas, a jazmín, a clavel. Eran unos frascos tallados en cristal, preciosos, y ella me ponía con la yema de su dedo meñique unas gotas detrás de la oreja y me decía: «Esta noche va usted a volver loco a Tomás», y a mí me turbaba su lenguaje y también cuando me proponía cambiarme el peinado o que me pusiera alguno de sus vestidos y sus zapatos, pasados de moda pero elegantes.

En un par de ocasiones disfrazó a tu hermana, y a mí me dio una sensación muy extraña: como si la niña fuera a escapárseme de las manos porque ella fuera a convertirla en una cualquiera. A tu hermana le prohibí que entrase otra vez en su cuarto, y yo me avergonzaba cada vez que la niña, de vuelta del colegio, nos encontraba a las dos allí dentro.

Cuando tu padre, tu tío y José volvían del fútbol un poco bebidos, y charlaban y se reían y hacían bromas en voz alta, se ponía de mal humor y me decía: «No puedo soportar toda esa vulgaridad, su chabacanería y su estúpida falta de ambición. Pero, Ana, ¿no se da usted cuenta de que nos están condenando a fregar cazuelas el resto de nuestra vida?» Yo no quería entenderla. Para mí, y después de todo lo que habíamos pasado, la felicidad era exactamente lo que teníamos, incluidos los sueños que el cine nos prestaba.

Cierta tarde, sonó con insistencia un claxon a la puerta de casa y salimos tu padre, tu tío y yo a la calle, para ver quién nos reclamaba. Resultó ser ella, al volante de un coche que, al parecer, le había dejado Raimundo Mullor. Venía muy excitada y nos invitó a subir, ante las miradas sorprendidas de los vecinos. Tu tío montó en el asiento de al lado y tu padre y yo nos quedamos en la acera. Tu padre miró con ojos turbios cómo arrancaba de nuevo el automóvil.

Así fui dándome cuenta de que ella había llegado a Bovra y se había instalado en nuestra casa con un propósito. Descubrí que ninguna de todas aquellas promesas de intercambio que me había hecho, y que tanto me habían ilusionado, le interesaban lo más mínimo, y que no tenía la menor voluntad de enseñarme o de aprender. Lo único que pretendía era convertirme en cómplice para escapar de un mundo que sólo había aceptado como primer escalón para llegar a otro que debía de calcular y añorar a cada instante.

Quería que me maquillase, que me cuidase las uñas y que me atreviera a llevar sombrero. A veces me ha dado por pensar si no querría convertirme en una caricatura suya, en una muñeca boba con la que se podía jugar. Yo no le acepté aquel juego. Yo era ya una mujer, y me había trazado, o había encontrado, mi camino. Si no éramos cómplices, no podíamos ser más que enemigas.

Perdió el interés en hablarme, en ayudarme en las tareas de la casa, en proponerme esas cosas que yo miraba con miedo, pero también con esperanza. Poco a poco, me fue dejando ver que ella estaba encima de no sé quién ni de dónde, porque había venido sin nada, seguía sin nada, y todo nos lo pedía con una voz muy suave, que le cambiaba en cuanto lo había conseguido. Ya sabía que no íbamos a ser cómplices.

Algunos fines de semana íbamos a Misent. Intentaba ganarse a la abuela María con sus frascos de perfume y con esa dulzura que sabía poner en las palabras y que a mí me daba envidia y desazón. La tía Gloria le pedía que le dejase el sombrero y salía a pasear con él puesto los sábados por la tarde y estaba contenta como si al final hubiera conseguido que su hermano Antonio tuviese lo que ella había soñado para él. «Ésta sí que es una verdadera señorita», me decía orgullosa.

Yo callaba y asentía, aunque ya había empezado a

sospechar cuál había de ser el desengaño de Gloria, su sufrimiento. No me equivoqué y mis sospechas se quedaron, pasados los años, cortas. Al poco tiempo, dejaron de venir con nosotros a Misent. Ella tenía que ver a sus familiares en la capital y, además, ponía como excusa misteriosas visitas y quehaceres. Cuando nos veía llegar a tu padre y a mí solos con la niña, la abuela María sonreía con amargura.

En la modesta despensa que teníamos empezaron a faltar la harina, el arroz, el aceite y el azúcar. Yo notaba las mermas en todo, pero prefería callarme, no decir nada, porque me imaginaba que ella les llevaba a sus familiares cuanto nos quitaba a nosotros. Por aquellos tiempos, comprendíamos esas cosas. En la capital era difícil conseguir casi nada, como no fuera a costa de mucho dinero. Y nadie teníamos dinero. Sin embargo, yo pensaba que lo normal hubiera sido decírnoslo tranquilamente en vez de tener que robarnos a escondidas. Me callaba, porque no quería que se enfrentasen tu padre y tu tío, a pesar de que sabía que ese enfrentamiento tenía que llegar.

A los robos siguieron las enfermedades. El médico le dictaminó a los pocos meses de vivir con nosotros una dolencia del estómago que le impedía comer lo mismo que los demás cada vez que el menú no era de su agrado. Esos días, ella se preparaba un puchero aparte, con una pechuga de gallina o un muslo, y verdura. Ya había perdido la costumbre de ayudarme en la cocina y ahora sólo esos días se acercaba para prepararse su comida especial. Tu hermana comía garbanzos con un poco de grasa de cerdo, o patatas, y miraba de reojo hacia las verduras y el pollo de los recién casados.

Sólo si la carne aparecía en la olla común comían con nosotros, pero entonces ella se volvía interesadamente servicial. Secuestraba la cazuela en la cocina y la ponía a su lado, sin dejarla llegar al centro de la mesa. Cogía el cazo y se encargaba de apartar las raciones, con lo que lo mejor se iba siempre a su plato y al de tu tío, que comía sin levantar la cabeza, avergonzado. Más adelante, empezaron a buscar excusas para comer en horas distintas a las nuestras. Cuando iban a Misent, se comportaban igual.

De repente, en la familia ya no éramos todos iguales: ellos dos habían mejorado su forma de vivir y vestir y nosotros nos habíamos vuelto más pobres. Y, sobre todo, como hubiese dicho ella en su diario, más mezquinos.

Con tu padre no me atrevía a hablarlo. Él tenía que darse cuenta, lo mismo que nos dábamos cuenta la abuela María y yo, pero callaba. Después entendí que, para conseguir callarse, se sometía a violencia y que eso empezó a hacerle un daño que acabaría por cambiarle el carácter. Cuando nos comunicó que estaba embarazada, y que el médico le había anunciado dificultades y le había impuesto un régimen severo, supe que aún iba a hacerse mayor la diferencia entre ellos y nosotros. No me equivoqué. A partir de ese día llegaban a casa huevos, carne y leche, a los que nosotros no teníamos acceso.

Tu tío ya sólo de vez en cuando iba al fútbol. Se quedaba con ella las tardes de domingo, y yo se lo agradecía porque así me libraba de la obligación de silencio con achicoria. En cierta ocasión –creo que fue por Navidad, porque recuerdo una tarde muy fría–, tu padre y José se fueron al partido y yo me llevé a tu hermana a casa de la abuela Luisa y luego al cine, mientras ellos dos se quedaban en casa porque tu tío había dicho que no se encontraba bien.

A la salida del cine nos acercamos tu hermana y yo al quiosco del parque. Yo con la intención de cambiar una de aquellas novelas de amor que me gustaban, y tu hermana porque quería que le comprase un recortable que le había prometido. Cuando pasamos frente al Casino, tu hermana se rezagó, pegó la cara al cristal de la fachada y dijo: «La tía Isabel y el tío Antonio están ahí.»

La aparté de un manotazo y ni siquiera la creí. Pero ella insistió: «Están ahí, en la mesa del rincón.» Volví la cabeza y, por el agujero que en el vaho del cristal había hecho tu hermana con la mano, vi que sus ojos me miraban y que luego se apartaban precipitadamente en otra dirección.

Durante la cena de esa noche, se sirvió lo mismo que todo el mundo, no se refirió para nada a sus molestias de estómago ni a su embarazo, ni buscó el cazo para apartar la comida. Y cuando tu padre y yo nos metimos en la cama, me odié, porque me faltó valor para contárselo. Quizá porque no tenía ganas de escucharle otra vez que todas las mujeres éramos egoístas.

Y tu padre, callado.

Los domingos por la tarde, después de comer, silbaba y canturreaba, mientras se vestía. Salía limpio y afeitado del dormitorio y se ponía la chaqueta sin dejar de silbar. Luego, volvía a la mesa ante la que los demás seguíamos sentados, encendía un toscano, le ofrecía otro a tu tío, y decía: «¿Nos vamos al fútbol?» Tu tío negaba con la cabeza y balbuceaba una excusa, al tiempo que yo recogía las tazas del café y me dirigía hacia la cocina para no tener que volver a asistir a una escena que se había convertido en habitual.

Cuando regresaba al comedor, tu padre se había servido una copa de coñac y la miraba con insistencia, ya silencioso, hasta que venía a recogerlo José. Entonces recobraba una animación forzada y se ponía a hablar en un tono que no le correspondía, y seguía hablando sin parar, como si temiera derrumbarse si se callaba, hasta que se despedían desde la puerta.

Yo notaba cómo le iba cambiando el carácter.

Probablemente, nos iba cambiando a todos. Era como si, no teniendo ya que resistir frente al exterior, necesitáramos seguir consumiendo nuestra energía, ahora de puertas adentro. A veces me paraba a pensar qué deprisa nos habíamos olvidado de todo. También pensaba que, en cuanto las cosas se quedaban atrás, dejaban de ser verdad o mentira y se convertían sólo en confusos restos a merced de la memoria. No había nada que salvar. El tiempo lo deshacía todo, lo convertía en polvo, y luego soplaba el viento y se llevaba ese polvo.

Ahora pienso que la injusticia me hirió sobre todo en el orgullo, porque de repente era como si no hubiésemos hecho nada por ellos; casi te diría que ahora era como si nosotros tuviésemos que estarles agradecidos. La gente dio en pensar que de la mano de ella había llegado la abundancia a nuestra casa.

Se les veía en el Casino, en la pastelería, tomando el vermut con Mullor, el que pegó a tu padre en el sótano del ayuntamiento al final de la guerra. Tu padre tenía que enterarse de igual manera que yo me enteraba. Tenía que saber dónde tomaban el vermut y con quién se reunían para bailar y jugar la partida. Alguien tuvo que decirle frases como las que yo me vi obligada a escuchar en alguna ocasión: «Hay que ver cómo habéis subido desde que ha llegado la "mis" (así la llamaban en el pueblo). Se nota que viene de una familia de dinero.»

Tu padre, aunque debía de escuchar comentarios como ése, seguía callado. A veces se enfadaba conmigo sin motivo. Bebía más y empezó a llegar borracho algunas noches. «Egoísmo. Eso es lo que tenéis las mujeres: egoísmo», me decía. Y a mí me dolía que me lo dijese, porque yo nunca había pensado en una felicidad que no fuese la suya y la de tu hermana, ni en un porvenir que no los incluyese, y ellos dos habían estado siempre antes que yo.

Otros días, o a veces después de haberme gritado sin motivo, sollozaba entre mis brazos en la cama y me pedía perdón: «No valgo nada. No he sido capaz de darte la vida que te mereces, ¿verdad?», se quejaba, «Perdóname.» Y a mí me costaba perdonarme a mí misma, porque había llegado a pensar que él era incapaz de sufrir y lo había despreciado, y ahora me daba cuenta de que había ido destrozándose por dentro y yo ya no sabía qué hacer para salvarlo.

Me faltaba esa capacidad para hablar con palabras dulces que ella tenía. Me faltaba saber escribir en un cuaderno pequeño con letra segura y bes y eles como velas de barco empujadas por el viento. Ahora no era suficiente la compasión, la entrega. La vida nos exigía algo más: otra cosa que no habíamos imaginado que iba a hacernos falta y que intuíamos que tenía que estar en algún lugar de nosotros mismos, pero que no sabíamos cuál era. Nos faltaba el plano que nos llevase hasta ese lugar secreto. Y vagábamos perdidos, sin encontrarlo.

Se levantaba tarde, siempre con las excusas de su embarazo y enfermedad. Y una mañana que se levantó más temprano de lo que acostumbraba, fue para romper delante de mí el cuaderno de tapas verdes de tu tío y arrojar los pedazos a la cocina económica que yo acababa de encender. No fue un gesto inocente. Tenía prisa. Me pedía que le preparase la achicoria y yo se la preparaba. Me decía que se encontraba mal, que si podía calentarle un poco de caldo y llevárselo a la cama («sea usted tan amable», me decía en un tono que me hacía daño) y yo se lo calentaba y se lo servía. Nos ahogábamos en una miseria peor que la que trajo la guerra.

Ella quería que estallase, y yo evitaba el enfrentamiento. Con el único con quien podía desahogarme era con José. Con él se comportaba del mismo modo que conmigo. Fingía tratarlo con dulzura cuando se encontraban ante testigos, pero en cuanto se quedaban los dos a solas le gritaba, le daba órdenes y llegó a esconderle las herramientas. José veía acercarse el fin de la sociedad y me comunicaba sus sospechas. Además, sabía que las cuentas de la empresa eran cada vez más oscuras. De algún sitio tenían que salir los vermuts, las relaciones y la ropa que se compraban. Mientras los demás seguíamos confeccionándonos en casa todas las prendas de vestir, ellos habían empezado a comprar en la tienda. «Lo pagaré poco a poco», o «Lo he comprado con unos ahorros que me traje», me decía al principio. Luego ya no me daba ninguna explicación.

José le dijo que no quería volverla a ver por el taller y llegó a amenazarla: («Si le cuentas algo a tu marido, yo también le comentaré algunas cosas que no te van a favorecer», le dijo.) Durante algún tiempo no pisó el taller, y su permanente presencia en casa vino a complicarme aún más las cosas.

Se pasaba las horas en la cama y, un rato antes de que tu padre y tu tío volviesen del trabajo, se levantaba y se ponía a ordenar lo que ya estaba ordenado y, cuando ellos regresaban, se mostraba agitada y sudorosa. Tu tío llegó a decirle a tu padre: «Isabel lleva mal el embarazo y no es conveniente que trabaje tanto. Díselo a tu mujer.» Y tu padre vino a decírmelo. Ya no pude más.

Esa misma noche le pedí que saliésemos a dar un paseo los dos solos. Y en un banco del parque se lo conté todo.

Sentí un inmenso alivio, pero luego no pude dormir. Me acordaba de los largos viajes hasta la cárcel de Mantell; de las horas de espera en estaciones en las que el viento del invierno balanceaba los faroles y la lluvia golpeaba los vidrios de la marquesina. Todo había sido doloroso e inútil. Veía otra vez a tu tío, pálido detrás de las rejas, y sus ojos oscuros cuando nos agradecía los miserables boniatos, y aquel mediodía en que volvió a casa y gritó desde la puerta que había llegado el afilador. Esos recuerdos eran como los ladrillos de la casa que nos habíamos esforzado en construir y que, ahora, de repente, se desmoronaba dejándonos otra vez a la intemperie. El sufrimiento no nos había enseñado nada.

No pude soportar la presencia de tu padre a mi lado, en la cama. El calor de su cuerpo me llenó de melancolía, como si ya no fuese más que rescoldo y estuviera a punto de apagarse. Me levanté y fui a sentarme en la silla que había junto a la ventana, en la que muchas tardes me sentaba para coser. Tuve la sensación de que cada una de las puntadas que había dado sentada en aquella silla sólo había servido para tejer una red que ahora me asfixiaba. Tantas horas perdidas con el único propósito de que nos salváramos.

Ahora sabía que la salvación era el calor que notaba cuando me acercaba a la cama de tu hermana, y también el silencio de tu padre viendo impasible cómo una desconocida empujaba a su mujer y a su hija. Eso era la salvación, el amor. Supe cuánto me había equivocado al pensar en él como en un objeto incapaz de dar y recibir calor. Tu padre se había mantenido solo y en silencio porque tenía miedo de perder un amor que estaba anclado en el misterio de su infancia. Y tampoco a él su esfuerzo lo había salvado de nada.

Me estuve allí sentada hasta el amanecer. Llovió durante toda la noche, y la lluvia, en aquella interminable madrugada, no me dio la impresión de que nos purificase de nada. Era como un llanto de despedida. Aquella agua que caía y que resbalaba en los vidrios de la ventana éramos nosotros mismos, nuestras ilusiones cayendo sobre la tierra y convirtiéndose en un barro del que nunca íbamos a limpiarnos. Ya no nos quedaba juventud.

Entonces naciste tú. Yo quería un hijo, aunque sin saber muy bien por qué. Tal vez, para que hubiese alguien en la familia que viera el mundo sin todo aquel barro que los últimos años nos habían echado encima; probablemente, ni siquiera por eso: sólo porque me estaba quedando vacía, porque tu hermana crecía deprisa y ya no quería venir conmigo al cine; y porque tu padre se alejaba de mí como si estuviésemos viviendo en el mar y la corriente del agua pudiera hacer con nosotros lo que quisiese y nuestra voluntad no contara para nada.

Hacía tiempo que ellos ya no vivían con nosotros. Por entonces se habían alquilado una casa elegante cerca de la plaza, con piano incluido. Iban todos los domingos a misa de doce y luego tomaban el vermut en el Casino. Tu tío formaba parte de la directiva del equipo de fútbol y asistía a los partidos desde la tribuna y ella había buscado una niñera para atender a tu prima y le había puesto una cofia. Organizaba reuniones en la casa. Recibía clases de piano, a cambio de tazas de té y lecciones de inglés que repartía entre las damas del pueblo. En Bovra se hablaba con sorna de las «reuniones de la "mis"».

José se había empleado en otro taller. Había continuado acudiendo a ver a tu tío todas las tardes, hasta que ella, en presencia de su marido, le dijo que hiciese el favor de evitar esas tertulias, que definió como «más propias de un cafetín que de una empresa seria». Paco, tu padre y él siguieron yendo al fútbol los domingos, aunque tu padre iba, cada vez más, a regañadientes, porque era en el campo de fútbol donde veía cada semana a su hermano y enfermaba de recuerdos. No soportaba divisarlo al otro lado del terreno, en la tribuna, vestido de traje y chaleco y ofreciéndole un puro a Mullor. Yo me acostumbré a no dirigirle la palabra el domingo por la noche. Ese día se acostaba sin cenar.

Creo que tu padre se ilusionó tanto con tu nacimiento porque pensaba que tú ibas a venir a cerrar las heridas. Pienso que se hizo esa idea, porque días antes del bautizo se presentó en la casa nueva de tus tíos, a la que nadie lo había invitado nunca, para pedirles que viniesen a la comida.

Se vistió de chaqueta para ir y se llevó una botella de coñac, un par de puros y una cajetilla de tabaco rubio. Hasta el último instante estuvo esperándolos. Dejó libres dos plazas al lado de la abuela María y, para que no les cupiese duda de que los estaba esperando, escribió sus nombres en unas hojas de papel que dejó apoyadas contra los vasos. Fue la última vez que vi en él el destello de una ilusión.

Enviaron a la niñera con tu prima y con una nota escrita por ella en la que se disculpaban porque «el exceso de trabajo» les impedía asistir. Tu padre arrugó furioso los papeles en la palma de su mano y tiró la pelota al fuego de la cocina económica. Se puso a dar vueltas en torno a la mesa y luego se encerró con la abuela María en tu cuarto. A ninguno de los dos les pregunté, ni me contaron el contenido de esa conversación, aunque, por encima del murmullo de los invitados que ocupaban la mesa, pude oír la voz de tu padre a través de la puerta. «Pero es que han mandado a la criada», decía. «A la criada.» Después de ese día ya no pensó nunca en la posibilidad de reconciliarse. Ni volvió a llamarlos por sus nombres. Para referirse a ellos, decía «la pareja del varieté», y subrayaba, «sí, el payaso y la artista».

Durante tres años se volcó en ti, aunque yo creo que ahora no lo hacía con esperanza ni cariño, sino con rencor. Enseguida empezó a regalarte lápices y cuadernos y, sobre todo, después del día en que lo rechazaron cuando se presentó para un ascenso en la empresa, repetía: «Este niño no va ser un burro como su padre.» Te obligaba a reconocer las letras y a veces empleaba contigo una crueldad que me hacía daño y que no podía hacerte bien. Te utilizó como instrumento de su rencor hasta que ese rencor lo infectó tanto que empezó a usarlo contra ti.

Creo que el cambio se produjo el día en que vinieron a avisarnos de que había aparecido ahorcado el cadáver del abuelo Juan en el patio de su casa. Creo que fue esa noche, durante la cena, la primera vez que le escuché decir que tu nacimiento nos había traído más desgracia que suerte. La esperanza se le había convertido en sospecha.

Se olvidó de ti. Volvía a casa muy tarde, y ahora

casi siempre borracho. A esas horas, tú ya estabas acostado y seguías acostado cuando él se marchaba. Por la noche, si llorabas o te levantabas y venías a nuestra habitación, él siempre fingió no despertarse. De vez en cuando, repetía: «El niño nos ha traído mala suerte.» Y yo le recriminaba esas palabras. Se le ponían unos ojos turbios. Dejé de decirle nada.

A mis cuarenta años me encontré como si ya no quedase más que recoger apresuradamente los equipajes. En poco tiempo murieron el abuelo Juan y la abuela María. Todo ocurría deprisa y de un modo absurdo. El día del entierro de la abuela María estuvimos rozándonos con tus tíos, en casa, y luego junto a la tumba, pero no nos dirigimos la palabra. Tampoco la tía Gloria nos habló apenas. Estuvo todo el rato al lado de ellos y salió del cementerio sin separarse, saltando de uno a otro como un perro que acompañase a sus amos. Después, por la tarde, estuvieron paseando por Misent. A la tía Gloria, en cuanto estaba al lado de su Antonio, se le olvidaba la tristeza. Le ocurría igual cuando vino aquí, a Bovra, buscando un lugar para morir que le fue negado.

Tu padre y yo pasamos lo que quedaba del día con el tío Andrés y con otros familiares. Por la noche nos volvimos en el tren. Ellos, el tío Antonio y ella, habían viajado en el automóvil de Mullor.

Esa misma noche me desperté de madrugada y descubrí que tu padre no estaba en la cama. Lo llamé, pero no respondió. Me levanté. No encendí la lámpara porque había luna llena y todo estaba mojado por una luz blanca que me permitió distinguir sobre la mesa del comedor una botella de coñac y un vaso. Imaginé que había estado bebiendo y que se habría sentado en el corral, borracho. Muchas noches lo hacía así.

En el corral, la presencia de la luna se hizo más intensa. Fosforecían los frutales y las plantas. Me abrigué con el chal. Hacía fresco y olía a madreselva. Tampoco estaba él allí. Temí que se hubiera marchado a esas horas y que hubiera podido ocurrirle algo. Por entonces ya se había caído en un par de ocasiones de la bicicleta y otra vez lo trajeron entre Paco y José con la cara llena de sangre: se había peleado con alguien en el bar, aunque nunca supe con quién ni con qué motivo.

De vuelta a mi habitación, entré en el cuarto en que dormías. Allí, a la luz de la luna, desde el pie de la cama, su sombra caía sobre ti y lo volvía todo negro.

El perfume de la madreselva. Lo percibí aquel amanecer desde mi cama, mientras pensaba que él se había ido y no volveríamos a tenerlo. No sabía, no supe hacerlo volver. Aunque cada noche sonara su llave al girar en la cerradura, y unas veces nos gritase y otras llorara en silencio, se había marchado para siempre. Lo pensaba esta mañana, porque he vuelto a notar durante toda la noche ese perfume, como un presagio; como un recuerdo. Y ha sido entonces cuando he pensado que tenía que contarte esta historia, o que tenía que contármela yo a través de ti.

Creo que aquella noche no lloré: me sentía demasiado desesperada. Esta madrugada, sin embargo, sí que he llorado al notar ese perfume, a pesar de que es ahora cuando ya no espero nada. Ni siquiera el leve calor de los rescoldos. Entonces, él se había ido, pero su sombra aún cruzaba cada día entre nosotros.

Le oía toser en el baño por las mañanas y el ruido de los grifos soltando el agua. A mí ya ni siquiera me gritaba, ni me amenazaba, ni me pedía disculpas. Me levantaba a prepararle el café y la comida de mediodía. Se tomaba el café y recogía la tartera con la comida. Pero no me dirigía la palabra: un «buenos días» delgado, que no podía unirnos.

Sólo tu hermana parecía ejercer cierta influencia sobre él. A ella le toleraba que lo desnudase y lo ayudara a meterse en la cama; o que saliera a recogerlo de madrugada al corral y le dijese que ya era tarde, que lo mejor que podía hacer era irse a dormir. Yo lo sentía meterse en la cama a mi lado, y suspirar y gemir y quejarse en sueños. En sueños sí que nos llamaba, como si también nosotros nos hubiéramos ido. Nos llamaba a su madre, a su hermana Pepita, muerta tantos años antes, a tu hermana y a mí. Al tío Antonio no volvió a nombrarlo ni en sueños.

Una noche no vino a dormir. Tu hermana y yo nos pasamos las horas en vela, esperándole. De madrugada, dejé a tu hermana encargada de cuidarte y me fui a casa de Paco. José y él lo habían visto por última vez en un bar antes de la medianoche. Recorrimos todo el pueblo al amanecer. Recuerdo aquella mañana de niebla. Bovra, los callejones estrechos y empinados, los adoquines húmedos de la plaza, los viejos letreros de las tiendas, las casas que hace años fueron derribadas. Todo ha pasado ante mí esta mañana como una pesadilla.

Paco le había pedido a su mujer que me preparase un café y, mientras recorríamos la ciudad, que fue empezando a despertarse, el café se me había convertido en una bola amarga que iba creciéndome en la boca del estómago. Media hora antes de que diera comienzo su turno en el muelle, regresamos a casa, por si hubiese vuelto. Tu hermana se había dormido en el comedor y te tenía entre sus brazos, a ti, que dormías también. No sé si es que te habías despertado tú durante la noche, o si fue ella quien te buscó para poder soportar acompañada aquellas horas de angustia.

Nos dirigimos otra vez al muelle de la estación y, en aquel momento, ya tenía la certeza de que no volvería a verlo con vida. Fueron llegando los obreros, recortándose sus siluetas lejanas en la niebla y, luego, ya con los rasgos definidos al pasar a mi lado. Él no llegó. Yo no quería llorar, para que no me viesen. Pero, de pronto, me di cuenta de que tenía la cara empapada en lágrimas que se me habían escapado sin notarlas: sólo que todo se había vuelto más borroso y ahora la niebla se me había metido dentro. Paco me pidió que volviésemos a casa.

Lo encontraron esa misma tarde, en la penumbra de un camino que lleva a la sierra. Paco había avisado a la Guardia Civil y durante todo el día lo estuvieron buscando. Apareció con la espalda hundida en el barro, como un insecto que hubiese caído boca arriba y el peso del caparazón no le hubiera dejado incorporarse. La bicicleta yacía a su lado y, sobre la bicicleta y sobre él, las manchas blancas de la nieve dibujaban figuras extrañas como signos de algo que nadie supo interpretar, pero que estuvieron allí, explícitos, para quien hubiera poseído el arte de leerlos.

A media mañana había empezado el aguanieve. En la comisura de los labios, la sangre se le había vuelto negra. Debió de contármelo José. Tal vez me he pasado la vida contándomelo yo misma. El farol balanceándose, iluminando la mancha negra de la sangre, las manchas blancas de la nieve. Aún respiraba. Se lo llevaron a Valencia, a un hospital al que llegó tres horas más tarde, delirante por la hemorragia, la fiebre y la pulmonía. Yo recorrí durante horas Bovra en busca de un automóvil que me llevase al hospital. En Bovra, por entonces, sólo había un taxi y esa noche había salido de viaje.

Sí que lo pensé. Pensé en llamar a su puerta para pedirle a ella que me llevase a Valencia en el coche de Mullor, pero me di cuenta de que no tenía derecho. Mi prisa por llegar a tiempo para verlo con vida era egoísmo, más que amor, porque su voluntad había sido la de irse. Vi las ventanas de la casa de ellos y la luz que se escapó a través de los postigos hasta el amanecer; vi el flamante coche de Mullor aparcado a la puerta de la casa, con el morro cubierto por la nieve. Así vistos, en aquella noche helada, la casa y el coche, la luz y el calor que una intuía que se escapaba de allí dentro, y el leve zumbido de la música, eran como un sueño: el envés del sueño que el cine tantas veces nos había traído.

Cuando llegué al hospital, amanecía. No quisieron que pasara a verlo hasta avanzada la mañana, y entonces me abalancé sobre la cama, cogí su mano y lo besé, pero la cabeza se me cayó entre los brazos y la mano de él apenas tenía calor. Ahora sí que era sólo un rescoldo que se me fue quedando frío, duro y lejano. Había muerto.

No tenía dinero para trasladar el cadáver a Bovra, así que lo enterramos en Valencia, en un cementerio junto al hospital, en un nicho sin lápida. Sobre el cemento, los albañiles pegaron una vieja fotografía suya en un cristal y escribieron con un punzón su nombre. Tomás Císcar. 1908-1950. Con el tiempo, le puse una lápida de mármol, en la que por cierto equivocaron las fechas y escribieron 1918 en vez de 1908, y luego, más adelante, lo traje aquí, a Bovra, al sitio en que, dentro de no mucho, iré a buscar su compañía.

Tu tío Antonio y ella me enviaron una tarjeta de pésame. Y a la tía Gloria, ¿qué iba a poder exigírsele?

He olido la madreselva durante toda la noche. La olía en sueños. Se me metía dentro su perfume y lo notaba rasgándome la memoria, como el punzón del albañil rasgó el cemento con su nombre: Tomás Císcar. A pesar de que, cuando naciste, estaba lleno de ilusión, no había querido que te pusiéramos su nombre. Te habíamos llamado Manuel. No soportaba que su historia volviera a repetirse y temía el poder de las palabras. Así resultó que él se había ido del todo. Huelo la madreselva desde lugares adonde no llega su perfume y veo las casas de Bovra que ya no existen y el nicho sin lápida. La fuerza de las ausencias.

No volví a hablar con ellos hasta que los médicos autorizaron a tu tía Gloria a abandonar el hospital, no porque estuviese curada, sino porque ya no había nada que hacer. Hablé con ella. Vino a buscarme cuando se enteró de que Gloria quería meterse en su casa. «Aprovechar la excusa de su agonía», dijo, «para pasarse meses con nosotros e intervenir en nuestras vidas.»

Vino a decirme que allí no podía quedarse; que aquella casa dependía de un negocio y que no se tenía que consentir que los clientes murmuraran que había una enferma de cáncer («¿Quién sabe si es contagioso?», dijo). Y dictaminó: «Que no crea, ni en sueños, que se nos va a meter en casa.» Me propuso pasarme una pensión mensual, a cambio de que fuera yo quien la albergase. Dijo: «Además, yo tengo a la niña.» Como si tu hermana y tú no existieseis.

Me negué a aceptar la pensión. «Dormir no cuesta nada y, gracias a Dios, para un plato más de arroz ahora no nos falta», le respondí. Y ella, en vez de ofenderse, me dio las gracias.

Los últimos meses de Gloria fueron atroces. Buscó a su hermano, sin encontrarlo. Había llegado a la estación con una maletita a cuadros, que aún recuerdo, y se había acercado a besarla a ella antes que a mí. Pero ella se limitó a poner la mejilla y a decirle: «Irás a vivir con Ana. En nuestra casa, con lo del negocio, se reciben demasiadas visitas. Hay demasiado ajetreo. Allí estarás más tranquila.» Entonces fue cuando se dio cuenta de que su hermano no había acudido a recibirla. Yo creo que, hasta ese momento, pensaba que él iba a estar esperándola en casa, con un ramo de flores o algo así.

Se le humedecieron los ojos, pero no lloró. Se le humedecieron con un líquido turbio, como bilis. Preguntó: «¿Y mi hermano?» No preguntaba que dónde estaba él. Yo creo que quería decir que si su hermano no la había defendido, no había conseguido defenderla e imponerla en el centro de la casa, como un jarrón. Ella le dijo: «Vendrás a comer con nosotros, siempre que no tengamos algún compromiso.»

Aquello duró casi un año. Las primeras semanas intentó presumir ante mí de que tenía una criada a su servicio y de que los manteles en los que comía eran de hilo. Luego, cuando ya no pudo continuar aquella comedia, se derrumbó. Se pasaba las tardes llorando, contándome que le ponían plato, vaso, cubiertos y servilletas aparte, que no la dejaban acercarse a tu prima, y que, si se presentaba algún invitado de última hora, la obligaban a comer sola en la cocina. No digo que eso la empujara a morir, porque había llegado desahuciada, pero sí que le arrebató el deseo de seguir viviendo.

Un día recogió su ropa muy temprano. Cuando me levanté, ya estaba Gloria sentada en el comedor con la maleta al lado. Me pidió: «Ana, llévame a Misent.» Volvió al hospital y, dos semanas más tarde, nos avisaron para que recogiéramos su cadáver, sus botellas, sus cartones de tabaco y su maleta de ropa. Digo de ropa porque, cuando abrimos la maleta, no había en su interior más que algunas piezas de tela y algunos vestidos, y cosas de aseo. Ningún detalle, ningún recuerdo que la atase a algo o a alguien sobre esta tierra.

Entonces fue como si Gloria y tu padre lo hubiesen llamado y él hubiera escuchado su voz. A los pocos días del entierro de Gloria, se presentó en casa de improviso. Me pidió que le preparase un refresco y se quedó en silencio, con el vaso de limón entre las manos, mirándome coser. Yo pensaba que, desde esa misma silla en que cosía, lo había visto recoger sus escasas pertenencias el día en que tu padre les pidió que se marcharan de casa.

Volvió al poco tiempo. Era verano y venía empapado en sudor. Me dijo que había estado dando un paseo por el campo, y se lavó la cara. También ese día le preparé un refresco de limón, y se quedó a comer. Venía, se sentaba en un rincón, sin hablar, y cambiaba de sitio la silla a medida que se movía la luz del sol. Un día me preguntó por José. Le dije que se estaba quedando ciego y ya no trabajaba. Dejó caer la cabeza sobre el pecho y murmuró: «Entonces, ¿ya no podrá verme?»

Empezó a venir casi a diario. Apenas se ocupaba de la empresa. Era ella quien llevaba todo el peso del trabajo, las relaciones comerciales, las cuentas. Él vagabundeaba por las calles del pueblo, venía a casa y jugaba contigo, o se quedaba sin hacer nada. Se perdía durante tardes enteras en el campo. A veces, al volver del campo, traía flores o algunas hortalizas que alguien le había dado, o que robaba. En ese caso, no era extraño que me pidiera que le preparase una ensalada con las verduras recién cogidas. La saboreaba como si ese sabor pudiera devolverle algo.

No es que hubiese cambiado para mejor, aunque a mí me gustara más así. También me daba pena. Se había encerrado: eso es todo, porque veía las dificultades que yo pasaba para salir adelante, las horas que tenía que echar en la costura para poder darte de comer y vestirte, y jamás se preocupó, ni se ofreció, ni te trajo nada. Se buscaba a sí mismo y pensaba que, aquí, en nuestra casa, era donde podía encontrarse, quizá porque había sido su último punto de referencia.

Cuando cayó enfermo, me mandó llamar y fui varias veces a verlo antes de que muriera. Estuvo muy poco tiempo en cama: un par de semanas. Se negaba a comer y a cumplir las indicaciones del médico y eran unas negativas tímidas pero tozudas. Tu tía se desesperaba, y yo misma, en las ocasiones en que estuve con él, le reñí como a un niño. Él sonreía, como si le agradase sentirse castigado, y al final me decía: «¿Pero y todo eso para qué?» No quiso que fuera nadie más a visitarlo: ninguno de los amigos de los últimos años cruzó la puerta de su habitación, a pesar de la insistencia de tu tía. Ni siquiera aceptó que fuera José, aunque me imagino que por otros motivos. Cuando se lo propuse, dijo: «Él ya no puede verme y a mí me hace daño verlo.» «Podéis hablar, daros la mano», le insistí yo. Y él ya no me respondió. Hizo como que se quedaba dormido.

El último día me entregó una llavecita y me pidió que abriera el cajón de una rinconera de caoba que había en la habitación. Era un cajón que contenía papeles, recortes, sobres, fotografías. Mientras yo se lo acercaba a la cama, me habló por vez primera de los viejos tiempos, y a mí me pasó por la cabeza aquella primera carta que nos envió desde la cárcel. «Qué tiempos más bonitos, cuando estábamos todos juntos y nos reíamos y no nos faltaba lo indispensable», recordé. Supe que iba a irse pronto y que, cuando se fuera, ya no me quedaría nada de aquel pasado. Sombras.

Guardaba en el cajón las cartas que le enviamos a la cárcel, el papel en el que se le comunicaba la sentencia de muerte, la orden de libertad provisional, fotografías de sus amigos de Misent y de la familia. Se incorporó en la cama y vació el cajón, volcándolo sobre la mesilla. La parte inferior había sido forrada con una hoja de papel que el tiempo había vuelto amarillenta. La separó de la madera, ayudándose con las yemas de los dedos, y le dio la vuelta para mostrarme que, del lado que había permanecido durante años oculto, estaba dibujado mi retrato.

–Te he tenido cerca, ¿verdad? –dijo. Y me lo dio.

Lo quemé esa misma noche. Y, mientras ardía, tuve la impresión de que el fuego lo reconciliaba con todos.

Sé que, la noche después del entierro de tu tío, ella te subió a la habitación en que había muerto, y te pidió perdón. «Les hice tanto daño a tus padres», te dijo. Tenía miedo de que el negocio de la muerte no le resultara rentable y, durante algún tiempo, se volvió mística, acudió a la iglesia, recibió a los curas en casa y llevó a cabo obras de caridad; de una caridad estrecha que, sin embargo, debía de parecerle meritoria, porque siempre ha pensado que la vida la estafa, no le da lo que se merece. Su caridad consistió en suavizar aún más el tono de voz y en regalar trajes viejos e inútiles y algunas monedas, todo eso perfecta y cuidadosamente anotado en sus diarios, como anota céntimo a céntimo sus gastos en libros de contabilidad.

No sé si incluyó en alguna de sus campañas de caridad las visitas que empezó a hacerme por entonces. El hecho de venir debía de parecerle suficiente y no se sentía obligada a más, porque si yo le decía que, aunque me costase un sacrificio, quería que tú continuases el bachiller superior y que luego hicieras una carrera, ella me respondía que para qué ese sacrificio si, con catorce años, un peón de albañil podía traerme un buen sueldo a casa.

Quizá también yo había empezado a poner en ti el rencor tozudo que puso tu padre, y me dejaba aplastar por el orgullo. Conseguí que pudieras salir de Bovra, que estudiases, y empecé a perderte. Durante las vacaciones te presentabas en casa con amigos que nos parecían lejanos, aunque ya el paso de los años nos hubiera igualado un poco a todos y los malos tiempos se hubiesen quedado en el recuerdo. A veces te veía escribir y, a mi pesar, recordaba aquellos cuadernos de ella. Pensaba: «La buena letra es el disfraz de las mentiras.» Las palabras dulces. Ella había tenido razón. Al margen de su camino sólo quedaba lo que en sus cuadernos llamaba «mezquindad» y «estúpida falta de ambición».

Lo pensaba anoche, después de que os marchaseis tu mujer y tú. Estuve pensándolo mientras olía el perfume de la madreselva y se me amontonaban las historias en la cabeza. El olor me trajo el recuerdo de la sombra herida de tu padre cayendo sobre tu sueño infantil y aquellos signos que la nieve y la sangre trazaron sobre su cuerpo agonizante y que nadie supo leer.

Pensaba que él está cada vez más lejos y que la muerte no va a juntarnos, sino que será la separación definitiva, porque, cuando también yo me haya ido, las sombras se borrarán un poco más y el viejo sufrimiento habrá sido aún más inútil.

La idea de ese sufrimiento inútil se me metió dentro en el momento en que tu mujer y tú cerrasteis la puerta de la calle y oí el motor del automóvil al arrancar. Y no es que quisiera negaros la razón. Al fin y al cabo, qué hago yo aquí, sola, en esta casa llena de goteras, con habitaciones que nada más abro para limpiar, y poblada de recuerdos que me persiguen (según vosotros), aunque yo sepa que también me identifican.

La semana pasada vino tu prima, ayer vinisteis tu mujer y tú, hoy se ha presentado ella. Tu prima trajo un ramo de rosas y me besó, encantadora. Fue la primera en proponerme lo que volvisteis a pedirme ayer: que deje la casa. Vosotros os encargaréis de levantar en su lugar un edificio de viviendas en el que tendré un piso cómodo y moderno, además de unas rentas. «Le quedará un buen pellizco, tía», me dijo tu prima, «y es que es una pena que esté tan desaprovechado ese solar.» Me dolió que hablase de mi casa como de un solar.

Vosotros volvisteis a repetirme ayer poco más o menos las mismas palabras, lo que me dio pie a pensar que lleváis bastante tiempo discutiendo el proyecto a mis espaldas. A tu prima le dije que no, ya sé que contra toda lógica. «Cuando yo muera, podréis hacer lo que queráis, pero no antes», le dije. E insistí: «No vais a tener que esperar mucho tiempo.»

Ella tuvo que contároslo. Por eso, ayer, cuando os vi entrar, no pensé en ningún momento que vinieseis a hablarme de algo que ya sabíais lo que me parecía. «Pero si es por usted, tía, por su tranquilidad», me había dicho tu prima. Y ayer volvisteis a repetírmelo tu mujer y tú. «Mamá, si es por tu bien», dijiste. Aún no sé cómo conseguí no echarme a llorar ni echaros de casa.

Sólo ella, tu tía, se ha abstenido de hablarme del proyecto, no sé si por la prudencia que contagian los años, o más bien porque vive tan ajena a vuestros planes como yo misma vivía hasta el otro día. Esta vez, de repente, me ha parecido que estoy más cerca de ella que de ti, y esa sospecha me ha hecho daño y me he esforzado por rechazarla.

Durante toda la noche anterior me acordaba de que tu padre me contó en cierta ocasión que los marineros se niegan a aprender a nadar porque así, en caso de naufragio, se ahogan enseguida y no tienen tiempo de sufrir. No conseguía dormirme. Estuve dando vueltas en la cama hasta el amanecer. No podía evitar que me diesen envidia los que se fueron al principio, los que no tuvieron tiempo de ver cuál iba a ser el destino de todos nosotros. Porque yo he resistido, me he cansado en la lucha, y he llegado a saber que tanto esfuerzo no ha servido para nada. Ahora, espero.

Valverde de Burguillos,
mayo, 1990-Denia, agosto, 1991

Impreso en Talleres Gráficos
LIBERDÚPLEX, S. L. U.,
ctra. BV 2249, km 7,4 - Polígono Torrentfondo
08791 Sant Llorenç d'Hortons